文
景

Horizon

社科新知 文艺新潮

世界那么大，纯属撑的

王小柔——著

上海人民出版社

自序

安心生活才是最好的功德

是不是总有人让你扫个二维码？当那条黑线从上到下捋了一遍，你的生活里又挤进了一些新内容。我们就是那个不停扫码的人，以为会有惊喜，满心想着能得到点什么，可是，那个小红点长久地停在我们的手机里，不再被翻阅。

蓝天已经变成了惊喜，大概在雾霾里待得太久，头顶上的蓝色成了我们要珍藏的稀有记忆，总是要不停地拍啊拍啊。当我把头的角度调整到日常状态，蓝天没了，继续过灰蒙蒙的日子。这就是我熟悉的城市生活。所以，我更喜欢用最舒服的姿势耗在家里，与那些热带雨林小伙伴们为伴，今天土土在上学前还反复叮嘱我："妈妈，别忘了给蜥蜴喂苹果。"我微笑着点头。我的早晨是把鹦鹉啊、蜥蜴啊、蜘蛛啊、壁虎啊等等问候一圈儿，让它们出来活动，然后房间里就会弥散开古典吉他的乐曲声，这样的日子一如重返了中学时代。

人到中年，一些朋友归隐山林了，关于他或者她只能靠听说；还有一些朋友攻城拔寨，开始创业了，怀揣梦想上路，你拦都拦不住，只能一再祝福；另外一些朋友像我一样，没什么变化，过十年再问，回答依然是："老样子。"可什么样子，才是老样子呢？偶尔也会看一眼照片，以前觉得自己胖，现在看挺瘦啊，以前觉得自己不好看，现在一瞅，多年轻的闺女啊，长得还那么顺眼。

或许是时间过去太久了，我们从内心原谅了自己的不完美。

当心境重新回归到静如水的状态，世间种种真的就成了过眼云烟。我回馈给生活的笑声变得安静，我喜欢，这样。

在日常生活里，其实我们都是一个修行者，默默地变化甚至连自己都不知晓。当你发现自己居然能对得失处乱不惊，当你能对那些有意或无意的伤害淡淡一笑，当你选择一个人坐在湖边而不是呼朋引伴奔到咖啡馆，你明白了，自己原来绕过几十年的光景，用了一种最曲折的方式，遇见了原本的自己。

我故意把手机摆得远远的，反扣着，静音。

人对手机的依赖已经跟吸毒差不多了，刷屏的动作成为某种心理依赖，其实又有多少是重要而美好的事呢，几乎没有，却把一天的时间都掠夺了。

开着的窗户像个吸纳器，对面工地上金属和金属撞击的声音一下又一下清脆而有力，我的窗外依然是无数小方格的窗户，楼与楼连成城市，我们在此做窝，刀枪不入。

早晨刷牙的时候，想起一段话："纯真是一种光芒。成熟并不让人稀罕，是人，就会慢慢被常识俘虏，唯有纯真，不建立在知识和逻辑上，它让世人喜爱的，恰恰是它的特立独行，和它的纯粹与干净。”我们在努力给自己内心的纯真保鲜，但是这样的抵抗却增加了氧化的速度，谁又能坚守成最后才腐烂的水果呢？

人生有很多苦，其中就有“求而不得”。我们往往都做了最执拗最虔诚的香客，于佛前长跪不起，合掌膜拜，一点卑微的诉求，在心里被重复了千万次。我们匍匐在地，把胸膛尽量贴近泥土，以证明自己的谦卑。“信则灵”是咒语，将我们的骄傲降服。耳边常常流传着谁谁谁的八卦，那些人里有些我们认识，有些连耳闻都没有，可是谁知道我们有一天会不会变成他们，生活太雷同，大家不停地希望“得到”，自然有人会失望。

生活里有很多谁谁谁，他们不特立独行，就挤在同一个时间段儿里，他们和我们更多时候是重合的，所以你能看到熟悉，仿佛有人潜伏在你们家楼道里扒着门缝偷听过。这里，有很多“求而不得”的遗憾。这世界每天都不一样，是我们自己把它生生都过成了一样。就像挤饺子馅，菜叶子先得剁烂，再把汁液挤得一干二净，待到菜早已魂飞魄散，和上肉浇上佐料，这样的饺子才会好吃。

我常常告诉自己，快乐的能力就是一种勇敢。因为在这个被设定好的环境里过日子，让人头疼，让人流泪的事太多了，根本不需要酝酿情绪，但是逆流而上的快乐却是修行的结果，如同那经历过刀俎、搅拌，又下了沸水的饺子，方成美味。

相信，有的时候也是件挺可怕的事。任何一张牌都有反正两面，当你眼瞅着它就是一张红桃A的时候，出牌的人扔出一张黑桃K，你想翻翻其他的牌，人家却手一摊，一把黑桃K！自己的那张牌呢？太多的人或事同老千一样，你就被“信则灵”给坑了。

心灵鸡汤还在流行，可见我们的内在是多么缺少营养，随便拿来个句子就能让自己撑一段时间。很多自己过得比鬼火亮不了多少的人，也站出来假装太阳，跟你这儿描述明媚阳光。可是，每一天，你起床刷牙洗脸的时候，我们还是要面对必须面对的问题，人生里有那么多的沟沟坎坎，干想是没什么用的，咱不是大仙儿，翻翻白眼似乎能过万重山。我们唯有笑着迎向生活，保护好纯真不受潮，让自己往远处看，让迈出的步伐更有力。

某个时候，我一边要安抚生活的风平浪静，一边要咽下夺眶而出的泪水笑傲江湖。生活很公平，它才不管你是谁，随手扔块石头就绊你个跟头。当你横下一条心，指着天，告诉它，我认了，你还能怎样？说实话，瞬间连地上那块石头都会碎了，你倒变成了无所不能的孙悟空。所以，日子里的故事不过是猛拍过来的风浪，如果你是鱼，你能恨那些风浪吗？天有不测风云是正常的，就像洋流一样正常。当我无助的时候，才发现，经历过越多的事，越觉得安心生活才是最好的功德。

有的时候，不要总想着鹤立鸡群，你要提醒自己，你压根就不该跟鸡站在一起。去自己该去的地方，哪怕那里只有诗和远方。清静简单的内心才会腾出更多的地方装幸福。作别所有的“求而不得”，走着走着，花儿就在心里开了。

目　录

用互联网思维装神弄鬼

世界那么大，是吃饱了撑的

先有鸡还是先有汤

每一次不靠谱的相遇

用互联网思维装神弄鬼

不在乎钱

有句名言，“去哪儿不重要，重要的是跟谁去”，说得太对了。

跟一个热爱生活的朋友相约去厦门，打下飞机那一刻就遇见瓢泼大雨。那朋友跟大仙儿似的掐指一算，说有雨白天不能出门，只能夜行。那叫一个无聊。我抄起电话，打给一个北京的朋友。闲聊没几句，她就突然大声说:“哎呀，你那是长途，怪贵的，赶紧挂吧！回头有不花钱的电话咱再聊闲白儿！”我说:“这是我给你打过去的，不花你钱！”她说:“你的钱也是钱！你不是没什么正经事吗？又没急事就别废电话费了！”说完，那边笑着就把电话给挂断了。

我的心怅然若失。忽然觉得无比悲凉，就像那些被雨水打下来的杜鹃花一样，被路人踩来踩去。怎么交了一个这么会过的朋友呢？

我的女旅伴悠悠缓醒，在床上伸着懒腰。夜里找服务员要的各种芯的枕头都被她悉数踹在床下。

我问她：“咱今天去哪儿遛遛？”她看了眼窗外，含混不清地说：“别出去了，咱就是来放松的，我电脑里下载了好多电视剧，你随便点。”在她刷牙的工夫，我把她电脑查了一下，这闺女存的居然全是国产电视剧，这得是个多热爱生活的人啊！

到厦门的第一天，我和一个女的，坐在各自的床上，身上搭着白被单儿看《闯关东》，愣是从第一集看到了最后一集。我中途睡过去三次。真对得起这五星级酒店的房间，我们跟来住院似的，几乎除了上厕所，就是倒在床上各自抱着好几个枕头。

依然是夜行出去吃饭。这次去了一个非常大的饭店，卖的均为广式茶点，全是一小碟一小盘，看着颇有食欲。席间她一直在打电话，我吃得已经要从嗓子里往外冒的时候，不得不打住，然后要了餐盒打包。回去的时候冒雨打车，到酒店门口司机很不耐烦地催促，让我们快点儿拿钱，这态度可把我的女伴惹了，她把《闯关东》里那些数落土豪的台词全用司机身上了，连珠炮似的抨击频率只让司机干张着嘴，这样的服务确实给这座美丽的城市丢了脸。临了，女伴又往车座上扔了十块钱，她说：“小费！”这女人的形象立刻在暴雨中高大了。

因为实在无聊，我们相约到电影院还看了场电影，那影厅真小，跟以前看录像的地方似的。从电影院出来，看见已经黄摊儿拔营的“光合作用”书店，心中又一阵怅然若失。女伴看我愣神，在一旁说：“就算这地方没黄，咱俩在里面转一圈儿，拍几张照片不也得走吗？就跟人家不黄，你就能来买多少书似的。”她说的在理。

一咬牙，一跺脚，走人！

又是一夜烟雨蒙蒙时。她依然打着漫无边际的电话，进屋的片刻也是上个厕所，充个电，大部分时间都在大堂某个角落跟某人电话交心。每每此时，我就在感叹，瞧人家的朋友，那么不在乎钱！

我一个人在屋里时不时光脚踩踩地毯，试试这高级房间的纯羊毛舒服不舒服。又骗腿儿在窗台上坐到腿酸。拿了相机跑下楼，听见女伴在身后忽然大喊："哎，大下雨的，你干吗去？"我说："我给雨照点儿相。"确实不是一般的无聊！

外面雨太大了，所以我只能在大堂的玻璃里面往外照。外面黑，里面亮，玻璃就成了镜子，所以打镜头里看见一个女的蹲在地上举着相机对着我，吓了我一跳。对玻璃晃了一下相机，才发现那女的，居然是我。

"我明天必须出去，这不是我要的人生！"我对自己说。

把钱放手机里

在地铁里放眼一看，几乎人人都低头对着手机屏幕，一副自闭症的神态。赵文雯极其不耐烦地说："告你打车不用花钱，你非不信。"我实在受不了她在旁边叨叨，干脆拽着她下了地铁，站大马路上打车。空车纷纷打我身边过，一位长了一张特别有正义感脸的师傅停下，摇窗户说了句"我是滴滴的"就走了。这时候，赵文雯不紧不慢地在我旁边说："咱的车马上到，已经有人接单了。"我自豪地挺了挺胸："专车啊！"赵文雯用等男友的语气跟司机联系完，我们很快就坐上了车。结账，一分钱。

下车她拔腿就往前走，我打后面紧追两步，"别回家啊，再找个地儿去，太便宜了！"赵文雯打手机里调出方圆百里的地图，一边搜索，一边说："你懂什么叫理财嘛，就是有便宜一定要占。"我学习的兴趣立刻就被激发了，打口袋里拔出手机，准备实战。赵文雯拿眼斜了我一下："你手机里有多少钱？"我想了一下，连话费还欠着移动三块五呢，因为没到信用额度所以还没被停机，这也算"理财"吧。

赵文雯缩着脖子，俩手揣在裤兜里，在便道牙子上跺脚："把你银行卡的钱，都捯手机钱包里。"可我没银行卡，我每个月都得跟很多老头老太太在银行一坐一小时，等着叫号取钱。我特立独行地还在用"折子"！赵文雯特别看不上我不与时俱进的劲儿，不但用存折，时不时还得去邮局寄信。她惆怅地说，你简直就是非物质没文化遗产。

为了也走上理财的道儿，我开始了不耻下问。比如，你有多少钱在诸多账户里折腾来折腾去，这些钱都哪儿来的，以及手机哪天会丢等等。虽然这些问题赵文雯一个都没搭理，但通过细心的观察，她居然每天都要对比一下各种理财产品的收益，还自己做个排行榜，用于观察曲线变化。余额宝、理财通、百度白赚、网易理财，她都放钱了，跟在几个鱼池里都撒了把碎馒头似的，然后每天查收了多少租子。

赵文雯理财劲头是散尽家财似的，她不但毛干爪净地把自己的钱全放互联网理财产品里了，还给七大姑八大姨张罗着转账。怎么看怎么不像理财，倒像搞非法集资的。她振振有词，每两句话举一下手机，给别人看的同时加以说明"昨天有十三块，今天多了两分呢！"别说，这招真有煽动性，每天给个块儿八毛的让她的亲戚跃跃欲试。这是过了多少年的穷日子啊！

和赵文雯逛街，这财迷除了手机，兜儿里连钱都不带。我请她吃自助餐，用这样的方式安慰她吃一顿管两顿的梦想。在她酒足饭饱又刷手机查收益的时候我问她，你这账面上能动用的钱有多少啊？她咬了一口天妇罗，明眼人都能看出来胃里的东西都快顶出来了，她说："六十。"我重复："六十……万？"她说："六十块钱！"赵文雯自己设定的，只要卡里超过六十块钱，自动就转理财账户里了。真懂心疼自己，还知道留六十，这理财都快把命搭进去了。

后来，听说她用手机没抢上支付宝的一款7%利率的理财产品还去投诉了，因为手机端比电脑端开始抢购的时间滞后。打浑身抛家舍业勇气的赵文雯处又传来好消息，说当当网发布了一款收益率超10%的产品，她用激动人心的语气向我汇报的时候，我刚打银行拿完号，在一大爷身边坐定。

当我下定决心要办个银行卡赶上那10%的收益步伐，赵文雯骂上街了。原来所谓"收益超过10%"的产品是投资自己的大脑，让你多买点书看。

用互联网思维装神弄鬼

有一天我妈特别紧张地问我有没有支付宝，我问要那个干吗，她说她在买东西，用手机支付可以打折。我说我没有，电话那边失望的语气能绕梁三日了。据说在每个老太太都掏出智能手机扫二维码或者交出手机给服务员刷手机的时候，我妈从包里掏出一把钱，虽然都是大票，但在身边闺蜜的眼里是落后于时代的。眼瞅着护发素得按全价买，心里憋屈啊！我妈回家就翻出我替换下来的一个大屏手机，我说："终于走进新时代啦！"我妈说："要知道使这种手机买东西便宜，我早就用了。"我们家最后一款老诺基亚终于被扔进了抽屉。

逼得连老头老太太都知道互联网思维了，开口闭口"网上说"。

可“网上说”的不就是忽悠吗？大家都兴致勃勃地互联网思维了，仿佛谁有了这思维就能一夜暴富，前些日子一个开饭馆的人在云南包了块地，种桃。大冬天的，别人都摘橘子，他摘桃，然后在网上把那桃夸得跟仙丹妙药一样，照片角度也不错，从面相上看确实是桃。你说种桃就种桃吧，人家还写了个故事，讲了自己的成长历程，做杂志啊、进互联网公司啊、当制片人啊，最后解甲归田养猪包地，为广大人民群众提供优质食材。虽然故事跟桃一点关系都没有，但互联网思维讲究的是情怀，是故事情节，只要你被打动，你就舍得花钱。都是混朋友圈的，咱得捧个场，一百三十八块钱一箱，必须来两箱，一箱自己尝鲜一箱送朋友。

快递倒是很给力，大晚上的也给送上楼，以为我买的海鲜呢，抱着泡沫箱子争分夺秒。我招呼全家人一起围观，表情和语气里透着一种骄傲，大冬天谁家能吃上鲜桃，也就咱家！我拿剪子跟揭幕一样把泡沫箱子一掀！好么，那一箱子小烂桃！桃长得不好，咱不怪人家，毕竟大冬天的伸不开腰，说是桃，有的长得还不如杏大。可是至少烂了多一半，那少一半跟蔫巴老头一样，快成干了。大家都傻眼了，这买的是一箱垃圾吗，门口水果摊扔的都比这强。我妈迅速把烂的削掉，扔锅里煮成桃酱，依然是烂桃味儿。我送别人的那箱烂桃很快出现在朋友圈，人家以为这是个玩笑。

具有互联网思维的人像个有文化的骗子，给你说得头头是道，还句句都是为你好，就像那两箱烂桃。

前几天有人约我谈众筹，从咖啡馆追着谈到拉面馆，一会儿说融资一会儿说路演，话题太庞大我脑子又太慢，所以那个哥们儿及其随从一直耐心开导讲解，试图告诉我只有互联网思维模式才能适应社会，只有众筹才能空手套白狼。可我还是跷着二郎腿，怀抱双臂，瞪眼问他：“我为什么要让那么多人知道我？”而对方迅速变身励志培训师，把互联网说成了金矿，只要你伸手就能抓一把金条上来。

互联网上尽人皆知的几个暴发户作为一夜暴富的楷模，他们成了人生导师，开口闭口都是名人名言，追随者好像一头扎里就能把死水变活水，所有人都蠢蠢欲动，仿佛看见钱了，看见理想实现了。而没人介意那遍地狼烟、炮灰和骗局。互联网思维就是个装神弄鬼的招牌，它确实在改变我们的生活，让默默无闻的坚守变得更加孤独。

当全国人民成为小商小贩

环境是可以改变人造就人的。作为一个既没有支付宝也不趁网上银行的人，成天看着身边同事的电脑永远停留在淘宝界面上，他们刷呀刷呀，跟患了屏幕强迫症一样。你要见有人急匆匆地往外跑，准是去拿快递的。

在这样的环境里如果不同流合污，我都觉得自己是异类，所以闲待着的时候搜索了一下“秋裤”。我觉得这俩字多质朴啊，可是出来的全是紧身的妖娆的，男的搂着女的，女的盘着男的，我实在想不出更朴实的关键词了，只好在这里面大海捞针。可是淘宝不希望你只买秋裤，还有花里胡哨的内衣，都老么时尚呢，这些内衣穿上比不穿还放荡，设计师真是辛苦了。

话说，买东西也曲径通幽，本来想买秋裤，却手欠看了几款大V字领露事业线的秋衣，一边感慨肚脐要长高点，也能一气儿给露出来，一边手欠地点开了“猜你喜欢”网店自动推荐的妖娆内衣，绣了花的破布条子老么贵，咱不知道那东西穿身上能舒服吗。我不就是因为好奇看了几眼么，电脑愣给我记住了。

一个同事让我转个邮件给她，站我旁边，拿胳膊肘抵着我肩膀晃悠来晃悠去在那儿催促。我打开邮箱，页面里非常扎眼地排着一溜妖娆的破布条子，在这些图片上面有几个大字“猜你喜欢”！

同事一口橘子咬下去，橘子水喷我一屏幕。她大喊：“哎呀，你还有这爱好。这个好看！”拿手指着一朵紫玫瑰，那朵玫瑰还是半开不开的，就算都开全了也没我半个手大，能挡住哪儿啊？可是那同事兴趣来了，开始挨款分析，邮件也不管了。她这么一嚷嚷，我又成了围观对象。我无辜地说：“真烦人，邮箱都成了淘宝推销东西的载体了。”紫玫瑰说：“别装！你不搜索这个它就不会给你推荐。你的恶趣味被淘宝知道了。”

我恨死“猜你喜欢”了。

我最后连秋裤都没买。可是，我的QQ页面旁边，我的微博边栏，我的邮箱里，我每打开的页面角落，都会跳出几个大字“猜你喜欢”，那些破布条子如影随形一拨一拨地推荐给我。弄得我在工作时候旁边有人都不敢开电脑，一种营销把人逼到反感的程度，这是它的失败还是它的成功呢？

在“双12”的时候，一位见义勇为的朋友帮我在网上买了秋裤，她死心眼地认为网上就是便宜，我把钱给完她就开始等着。等了五天也没动静，我让那朋友帮查查，她说跟卖家联系完了，那家店因为业务繁忙得十天左右发货，如果十天以后还没发再催。幸亏我就是尝试一下，不急等着穿，回头秋裤寄来都该穿裙子了。

淘宝心肠也挺好的，主动找我开店，说他们帮助建店和推广。我问:“那我能卖什么呢？”对方说:“您卖什么都行，不违法就行。”然后让我去看其他名人开店卖的东西找找灵感。我还没工夫看呢，一个朋友就打来电话，说他打算干网店了，问我用什么软件“冲钻”，我诧异地说:“你打算卖吗呀？”他说:“只要干就赚钱。还没想出来卖吗，先开个店呗。”

微信鼓吹朋友圈营销。很像换了种形式的传销，当年干保险的不也从身边人忽悠起吗？如果全国人民都变成小商小贩，可劲儿“猜你喜欢”，还需要消费者吗？

一分钱摔八瓣儿

在现实生活里很久看不见零钱了，连小摊小贩都知道把零头儿给抹了，别说一分两分，就是一毛两毛扔地上都不见得有人捡。可是我们一但有了互联网思维，一分钱摔八瓣儿都有惦记的。

赵文雯晚上的生活忽然变得特别有规律，晚上十点以后雷打不动地举着手机看，她说参加了个读书会。我特别感兴趣，问她那里交流什么书，赵文雯说："你们文化人就知道读书，一点没有理财观念。那个群前半段时间刷屏聊看不懂的，尾声的时候怕人走光了开始发红包，我就是想看看自己手气怎么样。"抱着这个信念，她每天都参加读书会。我让她点开群成员，全是有头有脸儿的人，还都是实名制，公司老总占了绝大多数。这里的读书氛围必须靠红包维系啊！我当时就问了：“能拉我进去吗？”

我确实进去了，这五百人的大群不知道把谁踢出去才挤进了我的名额，据说赵文雯为此还欠了人情。第一天，讨论《红楼梦》里的养生大法。说实话，开始的十分钟我还挺认真看屏幕的，但随着刷屏速度的增快，我眼睛都快花了，满屏的字跟门帘子似的唰一下滚上去了，参与话题讨论的也就俩半人儿，还都不怎么说话，发言的人自己坚持刷屏一个小时，最后扔出一句“大家有什么问题吗”，有位参与者掷地有声地问：“中药有毒，《红楼梦》里是怎么去除中药毒性的？”我都怀疑自己是参加《本草纲目》大讨论的。

终于耗到了赵文雯说的红包时间，几个人磨磨叽叽地一点儿没有痛快劲儿，可算有老总出手了，屏幕一见红，我立刻抢，就这样，居然得到一句“你出手晚了，红包被抢光”。我那个恨啊！白看了一个多小时“红楼养生大法”，老总们的红包搁咱都是血染的风采啊。虽然没抢上，我还是打算看看谁那么麻利，因为一直以来就没人说话，怎么抢红包突然冒出来那么多手，四周埋伏的全是神枪手。

账本马上就出来了，满眼小数点儿，全是零点儿，居然连“个位”都没有！我怎么忽然就想到过路口的灵车了，民俗里，为了让逝者走得安稳，每过一个路口就得打窗户往外撒零钱。人家“过路费”都没这么零！老总们这得多大的红包啊，全给拆成分钱。我当即就拿出了计算器，得数是让人震惊的，二十人抢一块钱，还那么踊跃。我发现读书人就是有涵养，没人骂街，还都感激不尽地回复。

我特别好奇赵文雯怎么会有那么大耐心，因为她实在不是个读书人，见字就恨不能一目十行赶紧过去。赵文雯说:“在互联网上挣钱就是这样，你必须培养自己的耐性，你以为你搞自媒体一天能挣几分钱？”可是这些是老总啊，一块两块地逗谁玩呢？赵文雯又说了:“真有作为的老总他们早没时间跑这儿耗着收红包了。我认识的老总还找我借钱发过红包呢，而且至今不还。还有的，抢红包的速度比谁都快，你让他发红包，他立刻变聋子，问急了就告诉你，自己钱都归老婆管着呢，就跟要打劫他似的。”

后来赵文雯说，她进这里不是为了抢红包，是因为有这里的人在跟她谈合作，她在观察人性。当抢红包跟人性挂钩的时候，所有的零钱都在闪闪发光。

到路口儿了！

我也想有个农场

在那些文艺范儿们还忧伤地想着什么时候能开间咖啡馆、小书店的时候，很多人拿起锄头包地开农场去了。于是，“我也想有一个农场”流行起来。我一个朋友，每每跟我眉飞色舞地说起他们家包了一亩地，全种成了菠菜，上顿吃完吃下顿，吃得脸都绿了。可这样，你倒是送别人点儿啊？没有过！人家宁愿把脸吃绿了，也不与民同乐。我常常想，就算没农药，这么大量地吃独食，未必对身体好啊。倒是真绿色生活，家庭成员脱了衣服都跟绿巨人似的。

每到假期的时候，我也会望着窗户外面的楼顶子想，要是我有块地！想了没几天，一个哥们儿说：“你别成天念叨了，我给你一个大棚得了，你先去看看，你要想种地就自己种。”我意气风发地奔郊区去了，想着，咱以后也可以拍着胸脯说：“想吃啥，去咱地里揪去！”

田园风光的梦一进院儿就破了，因为迎面墙上写着国家某科学种植基地，千亩良田都被大棚罩起来了。停好车没看见保安，就看见一只猴。它眨巴着眼睛坐在冰凉的水泥台子上，对我招手。我以为它要停车费呢，于是我一手翻着兜儿，一手礼貌性地伸向它。猴跟老总似的，也伸出手跟我握了一下，那冰凉的小手掌啊，还湿乎乎的。我心里一阵硌硬。

忽然，猴蹦到地上，抱着土土的腿，手已经伸进他的口袋了，德芙巧克力顺利到手，大概那意思就可以不要停车费了。猴子瞬间又蹿上土土的肩膀，干脆一屁股坐他脑袋上了，还很友善地开始拿爪子扒拉他的头发，那意思要帮土土择虱子。土土打算把所有巧克力都给猴保安，我眼疾手快拦下一块，撕开，扔进我的嘴里。猴急了，胳膊一挥，扑过来，一把抓着我的头发。我手里的另一块巧克力被它抢在手里，紧紧攥着，还冲我低声嘶吼。

“你这泼猴！”太拿我不当人了，我也是从小养过猴的人。我一把薅住它的细胳膊，就那几根黑不溜秋的手指头哪有我的力气大，我一一掰开，把巧克力抢回来了！土土在一边喊：“妈妈，你跟猴抢吃的干吗，你都给它吧！”猴子满眼都是仇恨。我大呼保安。穿着制服的门卫跑过来，大声呵斥，猴子立刻跟见了皇上似的，匍匐在地一动不动。

再往里走。一只鸵鸟扑扇着短翅膀，我问农场主，这鸟在这儿负责什么业务？他说，鸵鸟是负责看鱼池的。经常有人喜欢在这钓鱼，但这个池塘的鱼都是放养的，一般不愿意让人钓，直接哄又不合适，所以干脆放鸵鸟，经过训练的鸵鸟见人就啪，而且还会把上了岸的鱼给扔回河里。

进了农场，确实没看见什么人，跟进了动物园似的。一家子白羊靠在墙边的阴影里，全跪着。我挥了一下手："众爱卿，免礼平身吧。"羊全站起来了，围着我，拿没长出犄角的脑袋往我身上蹭，这是要表达什么呢？农场主说，它们想吃奶。

这我也解决不了啊！可是羊们很真诚，粉色的小舌头上下翻飞这通舔啊，我手背上，脸巴子上，衣服上，裤子上，全是它们的唾沫。我蹲得腿都麻了，刚想伸伸腰，一只羊叼住我的衣角往下拽，那意思还得让我蹲那儿。我挨个抚摸，抱着它们的小细脖子亲热，然后赶紧落荒而逃。楼梯在楼的侧面，我三步并两步就上到了二楼，正举目四望，感慨远离城市的清净生活，楼下咩咩咩，好么，羊跟来了。

我见过狗上楼，但羊上楼的速度比狗快多了，蹿了两下已经站在我面前了。那纯净的眼神就那么望着你，我的心都化了，我要有奶就真给它了，可我真没有啊！白睫毛忽闪忽闪，小脑袋又在我身上蹭。我问农场主："我就算胖，也不像哺乳期妇女吧？"哥们儿说，你还是喂喂它吧，屋里有奶瓶子。

我进屋，羊跟在身后。幸亏我有养孩子的经验，多少奶粉兑多少水心里倍儿清楚，当我晃荡完沉淀的奶粉，在手腕处试完温度，再看那羊，自己上床了，跪在床边，像个孩子一样。我当时就想，我这辈子都不会再吃一口羊肉了。

城市里的人太多了，心想要安静，需要跟土地和动物打交道。我也想有一个农场，一片草地，一个树林，一个梦想。

遇人不淑

一个朋友在家闲待着，抱着 iPad 看电影超过二十四小时了，她把四周弄漆黑，我打电话的时候，人家愣不知道几点。我多了句嘴，说“你要实在腻味，就找我来吧，我带你闲逛去”。朋友很实在，痛快地答应，早晨八点半已经敲我们家门了。

我打猫眼儿往外看，她用手指头把“镜头”给按死了，在那儿催:“别看了，没坏人。赶紧开门吧。”我的心情很失落。

这位远道而来的朋友很不见外，进门就开始蹬鞋。左脚踹右脚，右脚蹬左脚。我立在旁边实在看不下去了，不得不说:“你就不能解一下鞋带儿啊！”她说:“来不及了。”我一听，认定她要去厕所，所以蹲下就把她右脚上的鞋给揪掉了，还带下来半只袜子。棉鞋、毛线袜子、棉裤、羽绒服，这简直就是走夜路来的，城市里的闺女很少这么打扮自己。我问她："你是来自冬天吗？节气里都立春了你知道吗？"她缩了一下肩膀："我这个人吧，最怕冷。"我一咬牙，让自己忽略眼前人体重168这个吉祥数字。

她急急忙忙脱鞋并没有去厕所，而是一屁股坐在了餐桌旁。拍着桌子问："你们家有早点吗？我还没吃饭呢。"我看她呼噜呼噜把锅见了底儿，满脑子都是《千与千寻》里的某个场景。

要出门的刹那，她说："给我来张名片。"我问："你不是知道我电话吗？"她皱起眉头："我鞋侧面硌脚，得拿硬纸片垫垫。"幸亏我奇葩人见得多，没一头晕过去，"你这鞋穿一冬天了，怎么就到我这儿想起硌脚了呢？你休想把我名字踩在脚下，给你张别人的吧。"我打心里对不住名片上那换锁芯的哥们儿。

和她一起迎着阳光在人潮人海中闲逛，突然她说："咱找地儿吃饭吧，都逛饿了。"要不是她一只胳膊还挎着我，估计我一个箭步就蹦出去了，我尖声质问："你不是刚吃完那顿儿吗？"她喜笑颜开地说："那都是些汤汤水水，不顶时候。"有把银丝卷比喻成汤汤水水的吗！

我怀疑她根本就没在网上看什么电影，种地去了吧，要不然，已经走进新时代的人怎么能饿成这样呢？

请人家吃饭，咱不能让客人吃不饱，吗油水大吃吗。我带着她直奔水煮鱼就去了。一落座，这闺女就开始感慨："哎呀，好多年没吃水煮鱼了。"我都快哭了，没联系这些日子，她是不是被人口贩子拐卖，刚送回城市啊？可人家隐私，咱也不好细问。吃吧！

扣肉、肘子、香酥鸡、水煮鱼，面前没素菜，跟上供似的。

最后还上来一大盆酱油炒饭。我默默地吃饭，她默默地吃肉。时间就这样嘀嗒嘀嗒过去了。我去上了趟厕所，回来就见她满眼放光，“这儿扫二维码送辣椒酱呢！”我说：“你要那个干吗用啊？”她站起身，抓着手机边走边说：“回家，和饭！”我追上去，把我的手机塞进她手里，拍着她的肩膀：“姐们儿，多拿一袋，可以多吃一顿！”

在所有盘子盆都见底儿的时候，我小心翼翼地问她是不是吃饱了，她说，这还没发挥好，如果正常发挥的话，连一个饭粒都不会剩。我安慰着她：“你把盘子吃了，饭馆也不给咱奖品。饱了就行了。”

又回到我家，说得歇会儿，问能躺哪儿。我翻着眼睛，心话儿，能躺地下。可嘴里说的却是：“哪儿都能躺，你随便吧。”她直接倒在了沙发里，一边变换舒服的姿势一边说：“吃饭晚了，弄得我胃疼，你能给我做点热水吗？”

我一壶一壶做着热水的时候，内心怀揣忐忑地问她，一年能挣多少钱？她说：“也就两百万吧。”

天黑，送她走。忽然听见我鞋底下发出金属声，抬脚一看，我那耐克气垫运动鞋底儿上，居然扎着一枚图钉。我拿指甲把它拔下来，再走路，右脚扑哧哧扑哧哧，跟气瘪子似的。那位大姐说：“你怎么走路跟小混混一样，晃啊？”我说：“你知道什么叫深一脚浅一脚吗？一步一米六五一步一米六三。跟我的人生一样。”他人是镜子，我们常常在别人的眼里看清了自己。

专心致志的时候不会害怕

每个人都有怕的东西，藏在心里。“害怕”毫无共性，当它突然跳出来的时候，甚至，在别人眼里是那么可笑。

陈大树之所以叫陈大树是因为她不怕蛇。不管是旅游景点，还是宠物店，只要有蛇，她都能一把抄起来，就跟戴条围巾似的，要么缠在手臂上，要么直接挂在脖子上，听着那凉飕飕靠肚子攀附蠕动的家伙吐信子的吱吱声，她能骄傲地对尖叫着四散逃开的亲朋好友摆特别销魂的POSE。一个女的，怎么能不怕蛇呢，这是我始终想不明白的。

因为她胆子大，所以我觉得跟她出行很有安全感。黄昏的时候，车子的油快见底儿了，预警的红灯亮了很久都没找到加油站，陈大树拿裙摆擦了把汗，为了省油，我们把空调关了，互相往脸上泼水。路两边的杂草里，有好多栋没建成的别墅，一眼望去，窗户门处全是黑洞，陈大树说："你觉得那里面有鬼吗？"我下定决心如果找不到入住的客栈就睡车里，反正坚决不下去，"我不怕鬼，我怕蛇！"陈大树笑了一下，她倒跟个鬼似的。

在这样的时刻，一边等着导航仪重新定位找住处，一边在脑子里翻查能吓倒对方的恐怖故事。我还在对比哪个更可怕，陈大树已然开腔了，她说，袁枚写过一个鬼故事，姓蔡的书生置办了处房产，因为都说那儿闹鬼没人敢住。蔡书生觉得便宜才是硬道理，带着根洋蜡就去了，看书到半夜，鬼还真来了。一个女的，脖子上耷拉着条红绸子，给蔡公子施了礼，然后把红绸子往房梁上一搭，这就要把脖子探过去自行了断。但她发现蔡公子看她看得入神，于是，打怀里又抽出一条红绸子，搭在房梁上，手法像从事了一辈子艺术体操的。蔡公子看罢，直接上凳子，也把脖子放绸子里了。还没等蔡公子踹凳子，那女子已飘然远去，那房子再没闹过鬼，而蔡公子也考试登第，大富大贵。

我浑身起了一层鸡皮疙瘩，问陈大树，是想让我也去找找有没有那么仗义的女鬼吗？我还没看透人生呢。陈大树摇了摇头，轻叹一口气："当你专心致志，哪儿来那么多害怕？"

导航仪发出了志玲姐姐娇滴滴的启动声，地图上显示五百米之外有个酒店。我们在荒郊野外开着一辆随时没油的车，展开了人生大讨论。我说："就一晚上，咱将就将就，在最近的地方住下吧。"陈大树说："人的大半生都是在床上度过的，可以将就嘴，但绝不能将就后背，就算推着车，也得找个舒适的地方睡觉。"我们的人生卡壳在一个即将没有93号汽油的夜里。

霓虹灯上写着大酒店，非常霸气，挑开塑料帘子看服务员在玩游戏，头都没抬，抓过身份证登记了一下，把门钥匙拍在柜台上。

我们打开房门，像进冷库一样，冷气呼地一下扑了我一身，立时我就想起蔡公子了。进去一看空调，才15度，不知道开了多少天，墙都是冷的。我一屁股坐床上，那叫一个潮。这时候，陈大树已经去喊服务员了，大概因为空调的温度始终调不上去。打游戏的服务员很不满意我们打扰了她的战局，拿遥控器对着空调按了几下无果，对我说："嫌凉，你们就多盖几床被。一热，这屋里的虫子就活了。"陈大树在一边突然惊叫一声。吓得我都快把心吐出来了。

服务员也被陈大树惊到了，她眼疾手快，一把抓过枕巾，同时扔给我一条，"打！"只见她身形敏捷，枕巾在她手里上下翻飞，蚊子、蜈蚣、蜘蛛、臭大姐，一只一只被甩在地上，然后她再踏上一只脚给踿死。陈大树在一旁浑身哆嗦着，痛哭流涕。看那情形离疯已经不远了。

一时间，我不知道该帮服务员打虫子，还是该安慰不怕蛇的陈大树。这时候，咣当一声，服务员居然把门厅的房顶子给抽下来一块。她很兴奋，自己数着数，东抽西打。我才知道，原来人家在电脑上不是玩游戏，是在模拟训练。

我和陈大树迅速逃离了虫子窝，在车里，我问陈大树为什么那么害怕虫子却不怕蛇，她说："人在专心致志的时候不会害怕，但突如其来的弱小恐惧却能把我们击倒。思想准备对内心很重要。"她的心灵鸡汤都给挤出来了。

什么都忘了

我的人生大部分时间是在找东西中度过的。每天最频繁的一件事就是在大包里翻腾钥匙和地铁卡，乱七八糟的东西百舸争流，我的半条臂膀像桨橹一样在里面且搅和呢，抓一把，松手，再抓一把，再松手，如果还是没像抓周似的把要用的东西掏出来，就得探脖子往里看，我的包啊，就如同一口深井，里面没用的发票、找的零钱散落在包底儿，怎么搅和怎么有。这就是包里的福根儿啊，掏不净，总甩在最下面。想找点儿什么，必须得像筛豆子似的，使劲儿抖，眯缝着眼睛看，实在不行，干脆义薄云天地找片儿没风的平地哗啦一下把包里东西全倒露天，挨个排查。

昨天晚上回家的路上，看见不远处十字路口的地上蹲着个人，我心里立刻怦怦乱跳，虽然没到半夜，也含糊这种召唤亡灵的行为，我腿肚子一边转着筋，一边在心里默念各种能壮胆儿的经，走到近处我的经全背乱了。我跟那兄弟也就一步之遥，只见哥们儿把笔记本电脑包用俩手扒开，哗啦一下全折到地上，举着手机电源一边在地上的纸片里扒拉一边捏着耳机说："王总，真没有，今天客户资料都在我眼前呢，没他的呀！"真急，都等不了到有亮的地方了。夜半的大十字路口，一男的蹲地上划拉纸片，要点把火，得来多少鬼帮他一起找那客户资料啊。自打从他身边经过，我立刻自信地挺直了腰板儿，打包里掏出包薯片，哗啦撕开，放一片在嘴里，脆劲儿把夜晚都崩圆了。

当我知道迷糊的品质并不止我一个人，我不孤单的时候，我就开始寻找同类。不找不知道，我的生活环境本身就那么人杰地灵。有一次王大硕接我去参加一档活动，她无数次地跟我提及这个活动的重要性，为了证明确实重要，还带我去了一个特别高端的地方化了个浓妆。她兴高采烈地问我，化完妆，你是不是都不认识自己了？我好歹活了好几十年，把我俩眼睛化成瞎窟窿的情况也不是没有发生过，我还是淡定地接受百变的自己，人家老外不都爱这样吗？面对我的淡定，王大硕非让人家给我找身儿合体的衣服。对于合体当然也是有要求的，鉴于活动邀请的是一群有文化情操的嘉宾，所以王大硕理解为必须得穿麻布的衣服。

化妆师拉开一大柜门，哎哟喂，这地儿原来是承包白事儿的吧？那么多白色灰色黑色的麻布衣服，全都是宽袍大袖，就差往腰上系条麻绳了。文化的质朴全体现在孝子贤孙上了。竹竿上挑下来一身衣服，我换上了，下面是一条小麻裙儿，上面是一件疙瘩襻的小麻褂。当我焕然一新出现在王大硕面前，她摇了摇头，“怎么看怎么像金陵十三钗里的女同学，透着一股命运悲情。”她这么说，人家当然得给换一身了。把短打扮换成长及拖地的纯白大褂和阔腿儿裤。我站在镜子前良久，自言自语问所有人：“看我像个鬼吗？”王大硕在那接茬儿：“你想当鬼，还得把头发留长点儿。”

当我穿成无常女吊出现在活动现场，好多找我照相的，因为人家都像模像样地穿着休闲服，显得我特别跳脱。王大硕想不起来活动的内容，她顺藤摸瓜地认为文化人的活动必须穿麻制的衣服，我一去就像吊唁的，连现场气氛都严肃起来。

当迷糊成为一种习惯，忘与不忘几乎就混为一谈了。每天无数次询问自己关门了吗，手机放哪儿了，他们要求什么来着？这些都是小事。我一个朋友送孩子上学，居然到学校发现后座上只有孩子的书包，孩子还没上车她就给油儿了。我觉得比起送孩子不带孩子的，我离老年痴呆还是有段时日的。

演一场开会

说实话，虽然也参加过一些千奇百怪的会，但都以其乐融融为主，以严肃认真为辅，反过来的会参加的少，一般也就一两小时，搁时光飞逝的今天，坐几个小时真不算什么事。可据说有些地方，不许玩手机，只要掏手机就没收，里面的东西全给你删了，并且人员得封闭管理。说得特别像电影院规则。

前几天受邀去参加一款特别严肃的会，严肃到步行十五分钟的道儿必须坐大客车，落座后手机信号被自动屏蔽。

有身份的名流和我这种只有身份证的人欢聚一堂，乌泱乌泱的名流们光跟大布标合影就用了一个多小时。我窝在一角，昏昏欲睡。

早晨起猛了，所以七点就已经到了报到的地点，据说此时名流们还在用早膳。主办方给了我张房卡和几张餐券，建议我再去吃一遍早点，因为一个小时以后才会出发。我说，我还是去房间耗点儿吧。

因为是严肃的会，所以要求着正装。我打早晨五点开始翻箱倒柜，把八百年前唯一一套必须提着气穿的职业装拎出来，在手里甩甩，别说，还真穿进去了。就是腹肌不能松懈，稍微一放松，就能把勒肚子上那俩扣儿给射出去。至少能崩出去两米开外。

好像我长个儿了，要不然怎么料子裤的裤腿儿变短了呢？蹬上高跟鞋，脖子上用自尽的手法围上丝巾。镜子里活脱儿就一大堂经理啊！

馅捯饬成这样，皮儿就不能再穿羽绒服了，傲霜斗雪就靠一件看着倍儿显好的毛料儿大衣了。

为了让自己出落得别那么老气，所以我的脸上始终浮现着活泼的气息。

我大约转悠了二十多分钟才找到驻地，习惯性敲门，没动静，然后用房卡开门，随着电子锁沙啦沙啦过电声，我扭开房门。里面很暗，窗帘拉着，床上的白布单子一半耷拉在地上。

虽然有房卡，但出于礼貌还是喊了一声："您好，我进来啦。"还故意用燕语莺声的祥和亲切语调。

忽然，打厕所探出个瘦削的女人，她拿自己单薄的身体挡住门，一件乌涂的毛衣，让她显得倍儿神秘，对面的女人蓬头垢面地盯着我说："都走了！"语气阴冷，让你接不住话。

我赶紧露出招牌笑容："我有这儿的房卡，我可以住在这儿。"可那女人脸上还流着洗脸时没来得及擦的水，继续冷冰冰地重复：

“跟你说了，大部队走了！你要找的大部队走了！”

对视。我收起自己活泼的嬉皮笑脸，有句台词说：“看，我的目光能杀人。”我都没正眼看她，怕她如刀的目光把我脸上韩国的防晒霜刮下去，我把眼神儿放在她的嘴角。你知道俩女的把着扇门互不相让是多尴尬的一件事吗？我强调：“我能住这儿，我有房卡。”她强调：“你怎么听不懂话呢？大部队走了。”

可我又不是跑红军队伍里找丈夫的，她急什么呢？她不会跟我动手吧？

那女人的一绺儿头发贴在鼻侧，她微微张嘴叼住，而身体始终把着门缝拒绝让我进屋。我当时就想，这女的噩梦还没醒吧？

我很感谢她的反应，好在还有退身步，要把我关房间找大部队就更麻烦了。

我退回楼道，重重把房门带上，赶紧跑。

又走回名流们用早膳的地方。主办方给了我一个提袋，他说里面有资料和小礼品。我平生就对小礼品感兴趣，随即开始在里面瞎抓。

你猜小礼品是吗？

一包被拆开，少了一溜儿的乐之饼干！

我忽然怀疑我进的是个在拍戏的剧组，他们在演——开会。

这是一个手机比手有用的时代

闲人太多，让“互联网+”被广泛传播，你往地上扔一毛钱，等半天不但没人捡，没准还得遭人白眼，觉得你有病。但这一毛钱如果扔在朋友圈里，哪怕你是凌晨三点扔的，立刻能冒出若干人抢，而且还会在第一时间感谢你，态度特别煽情。瞬间让人觉得你的星星之火是能燎原的。这就是互联网给人的力量，多小的火星子都可以有瓦数。

这是一个手机比手有用的时代，多少人对着手机不错眼珠，花眼的岁数明显提前，但人们也能豁出去。太多的内容被装在里面，跟潘多拉盒子似的，开机就往外冒。但拿微信公众号来说，从早晨五点半开始，就跟闹钟报时似的，每隔半小时推送的消息叮咚作响。如果你有强迫症，把那些小红点像打地鼠一样一一按下去，你这一天零散的时间也差不多都交代出去了。

可你以为有这些公众号就够了吗？当然不够，远远不够。因为现在流行自媒体了！

开始我也不明白什么是自媒体，就问一个懂行的人，博客啊、微博啊，不就是自媒体吗？他反问：媒体属性是什么？我当然不含糊，告诉他"传播"，懂行的摇了摇头。"你说的那叫布告栏，贴那儿，路过的看一眼，或者对你感兴趣的看一眼。那其他更多的人呢？"咱又不是发小广告的，就算你不看，我也得特别到位地塞你们家门缝或者车挡风玻璃上，管更多的人干吗？他一字一句地强调，自媒体就是你看也得看不看也得看！

这是自媒体还是耍流氓啊？

懂行的说他们的用户有好几亿，如此庞大的基数是能够帮助每一个内容提供者完成强买强卖的，也就是他们随机推送，你爱看不看，反正我塞你手机里了。只要你点开，这边就开始计数，如果你的好奇心足以支撑到文章末尾，那随机推送的广告又开始统计。和以前形式不同的是，你可以自己拉广告在文章后面做推送，也可以夹带随机匹配广告，当然了如果你特别洁身自好视金钱如粪土，也可以像以往一样，为互联网的大荒地继续默默耕耘。

一沾钱的事，凡人都会两眼放光。这么庸俗的问题我当然得问问，懂行的人说了，阅读量到 1 万的时候怎么也能分到几块钱。好家伙，这融资的力度，可比抢红包快多了。

隔了没几天，我邮箱里邀请开通自媒体的门户网站见多，大好形势跟当年微博大战一样，各个都说自己用户好几亿，我瞬间就为那些人民惆怅了，他们的手机里每天得被塞进去多少无聊的东西啊！为了成全别人的自媒体，他们累得成天低头不见天日。

后来我看见一个朋友在网上晒他的阅读量，那是100万+，内容居然是一本外国育儿书断章取义的内容，捧场的人多到令人眼红。后来那自媒体的主人居然拐弯抹角地也进了我的朋友圈，我恭喜他空手套白狼的智慧和唾沫粘家雀的收获。他说，他心脏病都快犯了，为了保持高阅读量，每次发完文章就得不停地刷新，数字要是上不去真着急。而且自从弄了自媒体，成天什么事都干不下去了，一晃一天，再一晃一星期过去了。

我们被“互联网+”蛊惑人心的手法五花大绑，在这个手机比手有用的时代，我们怎么才能解救自己呢？

为吗没有卷街功能

身边的人真热衷在网上购物，眼瞅着几个大商场倒闭，超市关门，水果摊易主，大家也没有任何收手的意思，继续打开页面看图采购。我是吃过亏的人，在网上买过一双鞋，脚伸进去跟光着脚在地上踩似的，鞋底儿仿真地面，那叫一条人生坎坷路，走十米难受得你都恨不能爬。就是这样一双鞋，我问店家原因，对方说：“你平足，怨谁？”怎么才能把好端端的脚变成罗锅，店家支了招，让我买一种定型的橡胶鞋垫。后来我还真买到这东西了，带来的问题是，厚鞋垫进去了，我的脚进不去，到底该由谁来穿鞋？最后我选择了鞋垫。就这样，店家还让给好评。而且你要给了其他选择，好像还欠他的似的。好评成了买东西的标配。

有了这样的经验教训，网上东西再便宜，图片再好看我也不动心，毕竟储藏室里还供着一双橡胶脚。

可是愿意息事宁人的并不多。倩儿姨三十来岁，特别会打扮，每天不重样地换衣服都挺好看，我们一询价，她就得意地站在屋子中间拽着受赞美的衣服或者裤子使劲儿抖弄，然后声音提高八度在那儿说："哎呀，这才几十一件儿！"这时候我们特别羡慕地想，瞧人家，几十的穿着像几千，我们买的几千的穿半年都没人扫听一句，低调得像地摊货。

倩儿姨忽然有一天变得焦灼了。把普通椅子坐出了电脑椅的效果，腰身在那儿拧，一会儿人冲这面一会儿人冲那面，但凡身边出现一个人，她噌一下就跳起来甭管人家是要干吗，只要从她身边经过，就得给叫住了，告诉人家"我买了双鞋，没二十天就开了，你说我怎么办！"因为这事太不刺激，所以被叫住的人都说："退呀！把钱要回来。"按理说，倩儿姨那张嘴那暴脾气哪是需要从别人那儿获得鼓励的主儿啊，可是这次，她就跟集赞似的，来一个问一个。最后弄得全楼都知道她买了双质量不好的鞋要退款。

在得到了大家的鼓励之后，倩儿姨开始维权了。电视里都演了，维权的路哪回好走过？随着倩儿姨对着手机音量的逐渐拔高，事态奔电视情节去了。她想给差评，但是那鞋下架了，无法评论，然后她开始跟对方交涉。倩儿姨的优势在嘴上，别说得理不饶人，就算她没理都能把你数落得觉得自己特别欠她的。但是说话需要情境，也就是必须你有来言我有去语，咱们才能把这事说明白了。倩儿姨不擅长写论文，可是店家就不跟你过这个，你说你的，我打字回复，你说两分钟，我回两个字，急得倩儿姨直在屋里转磨磨儿。

客服不搭茬儿，可是我们嘴欠啊，刚一问怎样了，倩儿姨把买鞋的事又说一遍，光我就至少听了五遍。她在一个叫“私奔”的店里买了双布鞋，穿了不到二十天，鞋的侧面张嘴了，她想把鞋退回去不要了，哪怕付个折旧，也希望店家能把剩下的钱退回来。但是店家好不容易把那么不结实的鞋踹出去，哪会轻易接招，只答应修，要钱别想要鞋一双。瞧她挑的这店名，买双破布鞋“私奔”确实跑不了多远。

倩儿姨在网购江湖蹚了那么多年，哪受得了这气啊。在屋里大叫：“为吗淘宝就没卷街功能，为吗不跟我对话！”太憋屈了！这事我们都觉得沉淀一下会过去的。但转天，发现倩儿姨的情绪还深陷其中不能自拔，以至于上厕所的，打楼道经过的都已经听了不下五遍她的买鞋经历，因为连陌生人都会上来就问“你那鞋的钱要回来了吗？”

有倩儿姨的地方，互联网的传播力度都小了。后来她高兴地说：“淘宝介入了。”那语气跟打110报案了警察给立案了似的。不过还在耿耿于怀为吗淘宝没有卷街功能，不然这件事早就解决了。

网上开店太简单了，这是一个人人都能成为店主的时代。这让我想起小时候的沙土堆儿，大家都在上面挖陷阱，就看谁从这儿走过能掉进去了。

卖吗都不容易

一个朋友倍儿着急地问我，认识淘宝网的人吗，我说认识。她本来慵懒的语气立刻来了精神儿，好像看见我已经站在巨人肩膀上了："那你怎么不开店呢？"当年淘宝网负责推广的人也这么问我，我说，我不知道能卖什么。给我做工作的闺女像个骗子一样在那儿诱导："您家里什么多？"我脑子都没走："我们家人口儿多。"对方沉默片刻，笑笑，然后给了我几个链接，让我去看看那些名人店铺都在卖什么。暗示我除了把户口本上的人挂网上以外还有其他出路。

就在那天晚上，我们家进贼了。之所以认为进贼，是因为屋门敞着，家里灯都亮着。可是桌子上几本杂志下面半扣着的笔记本还在，电视也好好地被钉在墙上，其他也没什么值钱东西了。我打了110，警察进门问：“丢吗了？”我说：“好像什么都没丢。”警察说：“那你报吗警？”我说：“我就想问问，为吗没丢东西？”警察环视一周，按了按我家门把说：“你们家堆那么多书，贼都下不去脚了。估计你们家比贼他们家都乱，贼一看就心烦，干脆走了。”我这后悔报警啊。去换锁的路上，淘宝闺女打来电话，问我想好卖什么没有，我的自尊心碎了一地，家里的东西连贼都没看上，还有什么可卖的呀。对方说，你要打算开店了就填个表，我们负责推广，你先交一千块钱保证金。我这还什么都没卖呢，哪能认头搭进去一千啊，所以这事就不了了之了。

可我那朋友听完急眼了，说她打算开店。我说：“你打算卖什么？”她说：“没想出来卖什么，现在只要开店，卖什么都能赚钱。”中病了吧。我们一边花钱如流水地网购，一边以为自己也能当魔术师，把一团烂纸撕吧撕吧往天上一扬就能变成大票儿。为了拦住她，我甚至找了一个干了十年网店的人给她诉说自己的辛苦，可这闺女别人的苦一点没往心里去，眼睛发光地问人家：“一个月平均净赚多少啊？”对方说：“纯利有三万吧。”那朋友差点没当时就把工作辞了，我这个后悔啊，本打算让她知道创业路上有拦路虎，却变成了励志教育了。

那个干网店的闺女最大的变化是脾气，以前温婉可人的一枝花，现在出落得跟个秫秸杆似的，不是纤细是形容粗糙。因为总坐着，腰像水缸，肚子那个大啊，坐公交车上下班的点儿那么挤都有人给她让座。但肚子大并不能说明胸怀敞亮，每每遇到不良购物者，几句话过来，她那脾气点火就能着，经常是嚼着舒肝丸在小区湖边疾步溜达，要是水深点，她能一头扎进去。

不停地降价、让利、冲量，不停地参加活动交首页广告费，打睁眼就坐在电脑前面，直到困得睁不开眼才拔掉电源，一女的跟个机器人似的，不停跟各种“亲”说着好话，到现在都三十多了，连对象都没有，她哪有时间约会啊。在网上好不容易跟另一个店家有了好感，俩人对着推销东西，那男的给她一窝出的八条小狗崽，因为他没时间照顾它们，挂网上也没人要。这爱情的信物太麻烦了，我这姐们儿也不是狗奶妈，自己还常常吃不上早点呢，没俩星期这情缘就断了。

自从我知道了这开网店的朋友是怎么在土里刨食的，再打网上买东西，也不讲价了，东西错了，哪怕自己搭上点运费，也不拿时间去指责店家了。卖吗都不容易。

灵长类的智慧

每一天都有中华儿女在朋友圈里发风景照，以及七个碟子八个碗的炒菜，以展示我们生活的富饶。九张图，哪怕张张都是差不多的山头儿和白云，那也得把图片铺满，哪怕就是一盘炒鸡蛋也得多角度发片，人家这鸡是水泊梁山型的，常年在林子里蹿上蹿下，下个蛋不容易。在流行“一次说走就走的旅行”的年代，放几天假你要不出去一趟，你都不好意思跟别人说你热爱生活。不懂得“在路上”怎么混朋友圈啊！

本着这样的目的，我的同学带孩子去故宫了。他是一个多么有勇气的人，在把《甄嬛传》看了三遍之后，他高大的身影拽着个小的就进宫了。因为进宫的人实在太多，他们几乎是被推着随波逐流，除了屋檐就没看见什么别的，四处都是人墙。这主要还是因为灵长类肚子上没吸盘，要有的话，房顶子上一准儿也都是人。可是，这哥们儿发到朋友圈上的故宫像被清场了，连个人毛儿都没有，他自己作威作福地站在皇上上朝的地方，抱着双臂。我问他，做这么张图得花多长时间？他说，半小时吧。他怎么不把自己挪白宫门口去呢？

分享与显摆中间离得并不远。主旨都是一个，给别人看。有那种好打听上瘾的人，别人发什么他都得问问清楚，到底是哪儿啊，怎么去的啊，多少钱啊，并且用孜孜不倦的态度点赞。弄得出去走了一趟的人内心世界像银耳，扔水里一块儿，能涨出来一碗。

往朋友圈发图片的习惯都成病了，像牛皮癣，得挠，还得把皮屑留一地。一个叫老鼠的朋友躺在海边，他身上从大脚豆到脑门依次摆放着大小不一的螃蟹、海鱼，印堂上还按着一枚黑色的东西，照片上看不清，我问他那是什么，他说是海龟。当一个人每天在海边早晚各发一款身上摆满海产品的照片你怎么想？我当即买机票就飞过去了。

老鼠及其好友看见我很兴奋，他们说已经打了三天扑克太没意思了。可是朋友圈的照片显示，他们每天都出海打鱼，至少在海边玩得跟哪吒也差不多了，老龙王没出来是他心胸宽广。我一屁股坐进沙子里，让他们再逮点海产品上来。几个人吭叽半天说："能捞着什么得看人家渔船上今天扔什么。"我把脚边的沙子踹得飞快，都快眯眼了，问他们："有活的吗？"他们用特明白的语调说："活的谁扔啊！全是死的，我们捡过来就为照个相发朋友圈。"

我是一个生性执着的人，在别人很文艺地拾小贝壳小石子的时候，我已经一个人甩着个白塑料袋在被冲上岸的垃圾里转悠了，因为刚刚一个当地人跟我说，垃圾那儿能捡到东西。在我给视线定位为金项链的时候，那个离我很近的人忽然从水里捞起一块透明的跟一片大果冻似的东西，“沙蜇！能吃！”我一听这个立刻来精神儿了，招呼一干人等，几乎把冲上岸的透明物体都捞绝了。然后，我们在海边的人酱里挤出一条路，直奔海鲜市场，总不能白来！

我们不是为了卖，是为了再买点别的找饭馆加工。

市场里的海产品很全，这片海域里没有的摊儿上都有，摊主跟约好了似的告诉你是渔船刚打上来的。可我怎么看着这么像坐飞机来的呢？

我们确实挑了不少特别不俗的海产品，海胆、扇贝、牡蛎、大龙虾等等。然后跑到海边一一跟那些东西合影，照到它们奄奄一息的时候飞奔饭馆。在等着上菜的时候，我们闹海的照片已经传遍了朋友圈儿，多少人都要投奔我们一起捞大龙虾去。

垃圾里捞的沙蜇，不像海蜇那么劲道，放嘴里跟团粉一样就化了，加了美味的作料，我们呼噜呼噜一人一碗那么喝，倒也不觉得恶心。只有一个人，非常文艺，只吃龙虾，跟吃药那么严谨，每顿一只连吃了两天，最后这个人拉水儿了。他瘫倒在床上的时候，还在发自己跟两斤九两大龙虾的暧昧神情。

灵长类的智慧都用在发朋友圈上了。

搞绿色农业从听鸡叫做起

如今种地可比健身时髦多了。同样是出门，吭哧吭哧累了半天，仿佛人家过的是北欧生活。现在都兴去郊区包地了，说这样能保证吃到嘴的蔬菜质量。我一个朋友特别自豪地指着一楼小院儿那么屁大点儿地方兴奋地说："看，我种的火龙果！"我看见一丛矮如灌木的植物，感叹原来火龙果不是长在树上啊。他又指向另一边："看，我种的杏树！"还没我们家墩布粗。然后双掌向下做了个收势动作："我打算在这儿种上玉米、大豆、黄瓜和西红柿。"我对农业不太懂，这些能种一块吗，太挤了。

咱虽然没种过粮食，但咱好歹采摘过。把你放进大棚，然后你本着人家说的科学种植信仰，坚信这里的一蔬一菜都没打过农药，没给过化肥，菜们靠自己的梦想和纯天然有机肥水灵灵地长到你遇到它们。你靠自己的劳动摘的菜比农民们自己摘完拉到集市上的菜价格贵好几倍，可你愿意啊，你还过瘾了呢。我记得我两次深入大棚，热得我都要背过气去了，里面不通风还特别闷。我一边撅屁股捡大个儿的摘，一边听站门口等过秤的农户自豪地说："我们这儿的东西没农药，倍儿干净，你直接摘下来就能吃。"在这样的鼓励下，真有实心眼的，用大口咬生茄子的姿态表达自己对绿色农业的信任。

我在大棚里待了十几分钟，浑身衣服都湿透了，腰啊腿啊都酸疼，重复做着蹲下起来的动作，确实达到了健身房的效果。一个叼着半截黄瓜的大哥打我身边斜着身子过去，见我不动声色鼓励我说："你尝尝，他们这儿菜不错，黄瓜有黄瓜味儿。"站门口秤旁边的大哥也在那儿强调："有机肥种的，绝对比你们买的那菜强！"有机肥三个字在我大脑中盘旋。不就是屎尿吗！放眼望去那么一片大棚，方圆百里挨家挨户收粪便也供不上用啊，就算够使，我内心也受不了。如果告诉我这菜是打我们家厕所里淘出来的东西浇灌的，我都不吃，别说陌生人的那什么了。我宁愿吃化肥农药的！

一想到浇灌方式，我立刻没心思采摘了。可人家浇这么生猛的东西，还不打农药怎么就不长虫子呢？按说虫子最喜欢这种潮湿不透气的环境了。后来我打电话给一个农村亲戚，人家根正苗红祖祖辈辈都种地。他说："什么都不打不可能，早被地里虫子咬得颗粒无收了。土地的质量都一样，凭什么在同样的地方，别人种出来的蔬菜都跟毒药似的，他种出来的就是仙丹？而且你们城里人还自己包地，包地你们自己有体力有时间管吗？还是别人种。"我就问了，那合着我们跑那么远到人家地里采摘的跟集市菜摊上卖的一样？对方反问："你觉得呢？"其实吧，我觉得花钱多的好像心里能踏实点儿。

后来我再也不采摘了，我在花盆里自己种！咱不是也一样吃上蒜苗炒鸡蛋了。我还买了两只小雏鸡，刚出壳没几小时，浑身鸡屉屉味儿。小鸡到家这通叫，嗓门还真大，全楼都知道我们家养鸡了。怕它被拐卖来再死了，所以小棉垫子加热垫都上了，平时青菜、苹果、小米、面包虫喂着。大概因为伙食好，所以我在家上个厕所小鸡都跟着我，看我写稿，使劲儿往我手底下钻要当活鼠标。一般人听叫，在怀里揣鸣虫，我揣着一只浑身绒毛的小鸡。

有个朋友来串门，上来就一惊一乍地叫："哎呀，你也搞农业啦！"因为她从小在农村长大，我像询问科学家一样问我养的是公鸡母鸡，她说："一水小公鸡，你是为了吃肉吧！"我绝不能说我是为了等鸡下蛋，我说："我听叫！"

不玩航拍，都不好意思叫高科技

在我拿着一本特别厚的手机摄影教程看得云里雾里的时候，张摄手哗啦把我的书一按，看到哪儿全忘了。他喝了一口星巴克的白水，“你知道现在摄影师都玩航拍了吗？”我尽量睁大无知的双眼鼓励他往下说。“我买了一个！才四百多，带摄像头的，四轴驱动，能飞到18层楼那么高。”他手一扬，怎么也得有一尺。为什么要航拍呢？是监督盖楼的施工队吗？他摇了摇头，又喝了口白水，那绿色人鱼杯子差不多空了。张摄手用俩手圈了个圆，我以为他要说馒头呢，他说：“比如你要拍一朵地上的花，你怎么办？”我蹲下，还够不着就趴地上啊。他认为那不专业，什么自拍杆之类的东西简直就不叫高科技。如今搞摄影的，要不说自己玩航拍了，都觉得没面子。张摄手说他要拍一朵花，就先让航拍器飞过去，然后再拍远景。咱也不知道是拍多大个儿的花，脸盆拍个远景都够呛能看见。

我扫听了半天什么叫航拍器，合着就是遥控飞机挂个摄像头，当然你要钱烧得难受也可以把微单相机拴上。我问张摄手，除了拍花你还拿这东西干啥，他稚嫩地反问："你不觉得它能看风水吗？以后不用自己爬山了，让它去。"我脑海中立刻浮现出人生后花园景象，它的无人机翻山越岭找阴宅，半截没电它先把自己给埋了。

遥控飞机我们家曾经怎么也有大大小小六七架，那东西不太可信，跟风筝不一样，出去回不来是常事儿。飞机脾气古怪，你手里的遥控器稍微往前一推没准儿嗖一下就飞出去了，能吓你一跳，然后晃晃荡荡，你就得举着遥控器抻着脖子赶紧追，然后就是凭空掉下来。质量好的就算摔瘸腿还能坚持飞，有的连螺旋桨都掉了。没几架当牺牲品，你手底下的劲儿是掌握不好的。玩遥控飞机的日子，我们的无人驾驶经常紧急迫降。有一次落在银行房顶上，我搬了俩椅子去跟银行交涉，保安倒也没怀疑我有歹心，就叮嘱了一句："你小心点儿，别折下去。"

我从楼外面一个天井爬上去的，蹭了那儿一身土。没想到银行楼顶上挺辽阔，我还捡了个别人家掉的擦玻璃器。除了遥控飞机，咱家还有遥控的大轮船呢，是个航母。这些东西都有一个问题，电费得太快，航母试水的时候明明是满格的电，也就在池子里乘风破浪五分多钟，就给你晾在水中央了，你能不要了吗？捞吧！我儿时都没在脏水里蹚过那么长时间，为了捞船把我自己遥控过去了。

张摄手对我的经验之谈非常看不上，他趾高气扬地说他的航拍器充一次电起码能飞二十分钟，而且人家会技术悬停。我就想了，二十分钟够看风水的吗？有去无回的时间段儿啊。

在一个阴晴不定的日子，我逼着他让四百多块钱的航拍器启航了，那东西跟个大蜘蛛似的，几个腿上除了螺旋桨还闪烁着五颜六色的光，摄像头眼神儿也不太好，价钱在这儿摆着呢。在两米多高的时候悬停了一下，我还没摆好自己的扭捏姿态，来了阵风，我头发还没怎么样呢，飞机直接给撂树干上了，啪的一下。树葬了。

倒也看不出张摄手有什么伤心，他说家里还停着四架备用呢，不摔个二十来架不算掌握高科技。为了让我心悦诚服，他喊了个朋友，然后驱车郊区，我问拍什么，他们自豪地说"高铁"！这次出动的是一个叫"大疆"的大家伙，构造跟四百块钱的差不多，但价钱高了几十倍。这两个男的跟要自杀似的，等在铁轨附近。另一个搞摄影的据说拿航拍器跟拍过婚礼，控制技术高超。他们掌握火车出现的时机还挺好，航拍器跟个飞碟似的出发了。张摄手懒得抬头，所以眼睛一直没离开监控屏幕。航拍器悬停在铁轨的高空，别说，高铁还真快，嗖地一下过去了。只听俩摄影师大叫，张摄手说："航拍器碎了。"我纳闷啊，那东西能离地五千米呢，也不可能被火车撞上啊。航拍器的主人像个科学家似的，让别找了，"高铁让航拍器的磁场改变了。一万多块钱，没了。"我建议去找找黑匣子，他们说这东西不是飞机，没那玩意儿。我心说，幸亏高铁把航拍器的磁场改变，掉下来的是那东西，要是反过来就太可怕了。

还是让航拍停留在找山头儿看阴宅风水的程度吧，我实在怕哪天我们会被一个遥控飞机跟踪，那我非拿弹弓子把它一一击落不可。

我已经到了，我穿一双白颜色的鞋……
最新上映

师傅好像圆寂啦！快来看看他老人家给咱们留下了什么人生修炼的指引！
201505

你钱富余吗

我特别佩服那些说干就干，做什么都能立竿见影的人。张神医以前是做旅游的，忽然有一天急着找我去，开门一看，这哥们儿把头剃得油光锃亮，穿着件跟装裹似的华服，手腕子上盘着串儿看不出本色的木头珠子，手里还搓着一串，不停地拿故意留的长指甲盖子往后扒拉。室内装饰也有了变化，墙上的夕阳画变成了人体穴位图，光身子小人旁边密密麻麻都是字，眼神不好的人还真不好对照。阳台上的画眉换成了黄嘴的八哥，噼里啪啦不停拉屎，吃什么了这么能清肠。

我看鸟的工夫，张神医问我："你说我要给人治病，有前途吗？"我知己一样看着他："中医吧！"他家的鸟就"哎呀"一嗓子，他点了点头。我问：“你会吗？”鸟又“哎呀”一声，光在旁边一惊一乍，后来我才知道，这鸟刚会一句人话，正在各种场合灵活运用。张神医坚定认为“不会可以学”。大哥太有恒心了。

当我问起他为什么人到中年去学习悬壶济世，他考虑半天才说，大概父亲去世触动了自己。可我忽然想起，那应该是三年前的事了，触动的后劲儿真大。人生的动力在任何时候都能出现，就那么猛地推了你一把，张神医就那么轻而易举地转行二度创业了。在他学徒阶段，我们各色人等经常被他召唤，挨个坐椅子上，或者趴床上让他找穴位，然后就是一顿拍打，一星期没洗的衣服，去看趟病都干净了。

后来，很多朋友打着治病的旗号去他那儿干洗衣服。

还有一个朋友，忽然有一天摇头晃脑地跟我说：“我要创业了，卖木头。”我立刻激动地从椅子里站起来，双手在裤口袋抓着自己的大腿：“哎呀，这年头谁还自己打家具啊！”女创业者摇了摇头：“我卖的是金丝楠，给艺术家们做家具。”有多少艺术家为理想都快喝西北风了，还买金丝楠木头打家具，用三合板的足行了。可女创业者说她认识很多特别有钱的艺术家，就追求这种人生的极致。可是能卖的东西那么多，为什么卖木头呢？女创业者妩媚地说：“我是木命啊！”那要是金命的人还得卖角铁去？

她为了爬上人生的另一个山头，卖了一套房。我怯生生地问：“你给那些艺术家打完家具剩的下脚料能给你身边的好姐妹一人做个手串儿吗？”女创业者说：“下脚料我打算都做成打火机。”我缓和了一下自己的心情，听她话，我以为她要一把火给点了呢。要说女创业者跟我有着差不多的命运，一穷二白，伸出手来，手心手背都没什么肉，她得自己投资多少钱给艺术家们造啊？她说：“先投个三十万吧。”我一听就打消了让她做手串的念头，这哪是投资金丝楠的阵势，看样子还是经营三合板。

我身边风起云涌冒出了很多跨行业创业者，你要还是那么安于现状不居安思危，你就不配跟身边人谈什么“生活、梦想和远方”。有人给我发了个微信，他说最近在中国很多词特别流行，AA制改叫众筹了、算命的改叫分析师、八卦小报改叫自媒体、统计改叫大数据分析、忽悠改叫互联网思维、做耳机的改叫可穿戴设备、编个程写个代码的都自称云计算、办公室出租改叫孵化器、圈地盖楼改叫科技园区、互相琢磨改叫平台战略、搅局的改叫颠覆式创新；借钱给靠谱朋友改叫天使投资，借钱给不靠谱的朋友叫风险投资。

创业，是一个多么蛊惑人心的词儿。你的钱和精力真的富裕到要跳进百舸争流的大江大海里了吗？别忘了抱块木头留口气儿。

把锯子挂在玄关有工匠气质

马路边暴土扬长，我边走边胡噜脸，防晒霜裹着细沙砾儿在指尖上盘盘，没准沙子都能出包浆。就这天儿，路边一位大爷守着辆三轮车，车上摆的都是木匠用的工具。手锯、长短刨子、改锥、小榔头等，相对于一条车流和人流都很少的机动车道，路边的摊位显得尤其孤独。大爷穿着 80 年代深蓝色的工厂工作服，四个带盖儿的大口袋里出外进，显得特别匆忙。大爷头发胡子都已经白了，只剩下眉毛没有白透。工具其实摆得很零星，跟随便放差不多，总觉得这些东西跟我见过的有哪儿不一样。或许是工具木头的颜色，每个都不一样，甚至手工小刨子的木纹都不同。我拿起一个精致的刨子在手里颠颠，这是典型的外行动作。大爷说:“这都是我自己做的。”之后再无话，背着手，往风来的地方看。

那一刻，我忽然想起了我的父亲。他年轻的时候，中国还流行手艺。我唯一一辆儿童三轮车就是我爸自己拿铁管子焊的，再刷上一层绿油漆，骑出去也能像邮递员一样洋气一阵儿呢。土簸箕、煤铲、烟囱他也能自己打。我还记得小时候跟一个女生比爸爸，她说她爸爸会蹬缝纫机，我说我爸爸会修鞋，有全套修鞋用的工具和线；她说她爸爸会拿自行车条穿羊肉烤羊肉串，我说我爸爸会拿一堆零件攒辆自行车，瞬间秒杀了她。其实那时候，我爸顶多会修车，补个车胎什么的，但我的想象里，我爸是应该能攒自行车的。

那时候，无论你从事什么职业，好像所有的父亲要是不会手艺会被瞧不起的。顺手的工具简直就是他们作为男人的标配。在别人的爸爸都会修车的时候，他能给全楼的人修鞋。在别人的爸爸都开始做沙发的时候，他开始打柜子，立志要做套组合家具。

傻大笨粗的时代男男女女都出落得心灵手巧，连我妈这种铁腕女干部形象的人都会裁剪，把布料往床上一抖，然后拿出纸样子盖在上面，这手过来一胡噜那手就给出了轮廓，大剪子下去，缝纫机咣当咣当一下午，新衣服就出来了！再瞧当中医大夫的我爸，觉得打一楼往五楼运东西太累，尤其那会儿还流行存白菜、烧蜂窝煤，他也不知道打哪儿扛来一根五米长、有拳头粗细的管子，斜着就搭阳台上了，一头抵着墙，一头挑衅似的伸向对面楼方向，跟个大炮筒子似的。我爸在这钢管上装滑轮，固定绳索。在别人家都大呼小叫在楼道里流汗的时候，我们家已经用上了机械现代化设备，什么都吊在篮子里往楼上运，哪怕一份报纸，一瓶奶。那篮子啊，打一楼半就开始晃悠，要是装了重东西还得提心吊胆，一悠不住劲儿，这就要往人家玻璃上撞。

在目睹了我们家重大变化之后，没一个月，我爸帮别人家也弄了滑轮，每次回家我都觉得路过好多碉堡，那么些炮筒子伸在外面。

在我爸迷上木匠之后，我妈坚决不让他在屋里装组合家具，所以我爸的匠心就都发挥在阳台的组合橱柜上了。大概因为手艺不精，所以我爸总是在家里干活，比如他把板子放椅子上，一脚踩着开始锯。靠自学成才的人走的弯路总是比其他人多，比如我爸，橱柜打好那天，你再看我们家的椅子、凳子，不是没角就是多角。全都是锯板子的时候顺便给锯下来的，无一幸免。

一个十年过去，所有的工具就都没了用处。它们被关在了储藏室的最深处，偶尔找到它们的时候想的也是：没用了，是不是该扔了？我们跟手艺已经太过疏远。

当我把那个卖木匠工具的老人照片发在微博里，第一时间就有朋友打来电话，让我替她买一套工具。我问："你都用得上吗？"她说："把这些挂在我家玄关处，人家一进门会不会觉得我很有工匠精神?!"

我们该如何留住手艺呢？

世界那么大，是吃饱了撑的

我都没哭

现在很多具有文艺气质的人都奔尼泊尔去了。我多年以前就已经文艺过了。

到加德满都的时候，天降大雨，导游库玛尔用并不流利的中文说，带我们去看“浪漫传奇”——一个深不可测的大瀑布。

很快走到了一个小铁门，像个街边公园的入口处。雨越下越大。耳边都是水声，无法分辨瀑布的动静。导游穿着皮夹克，一只手永远揣在裤兜里，我还以为那是个假肢呢，他戴着个黑色的棒球帽，不打伞也不穿雨衣，浑然天成融入自然。我走在队伍最前面，看见一池潭水，停下，导游说：“最美的景色大家看见了，可以回去了。”就这？哪儿跟哪儿就神秘莫测了？还不如周末我们小区中心花园的人造景观水溜儿大呢。

可是，走在我旁边的导游非常自豪地说了一遍：“这是加德满都最美丽的瀑布！”我想，幸亏这是下雨，要晴天还就没水了。

到帕斯帕提纳神庙的时候雨小了一些。这是联合国人类文化遗产之一。这座巴格马蒂河畔的印度教寺庙，是印度次大陆四大供奉湿婆的寺庙之一，修建时间可追溯至公元400年。很多老外坐在河岸上的石洞里向河边张望，居然忘了自己在这儿也是个老外。我倚在石塔旁，忽然发现那些石塔每一侧都刻有神兽，而塔内的生殖崇拜异常明显。凸起的石头还有花瓣和各种颜色蒂卡粉的痕迹。

巴格马蒂河上游沿岸有一些苦行僧隐居的山洞，他们穿得异常显眼，摆成修炼姿势，招呼游人拍照收费。这些经典形象我在无数尼泊尔图片里见过。

导游介绍了这地方的历史，但因为雨声嘈杂，我没太听懂，但最后一句听得真真的，他说：“加德满都的人死了之后就会被送到这儿，这儿其实是人民的火葬场。”我瞪着眼睛看着旁边的女孩，她也惊讶地瞪着我。此时无声胜有声。在国内火葬场那种地方谁会当景点闲逛啊，而我们大老远风尘仆仆赶来奔丧。大家表情都特别肃穆。

旅行攻略上说，如果幸运才能看见火化场面。这么说是为了安慰我们这些不常参加白事的人吧，但凡到过这儿的人还真没有白来的，都送了最后一程。河边，一簇一簇的火已经点起来了，在这样一个阴雨天，橘黄色的火焰指引着灵魂的方向。

两座为皇室或贵族专用的石造平台和位于下游的四座为平民百姓火葬的平台全满了。印度教相信，死后燃烧躯体并将骨灰洒放河中，灵魂就可以脱离躯体而得到解脱。尼泊尔人的火葬仪式非常简单，遗体火化时，死者的长子会在河边将头剃光，并且走进河里净身，经过简单的仪式将亲人的遗体用白布包起，放在紧靠河边的平台上由四根原木搭的架子上焚烧，三个小时后灰烬被推到河里，随水而逝。

我们站在河对岸，看个满眼儿。

我数了数，一气儿参加了11场葬礼。离开的时候，大家默默无语低头而行，我旁边的女孩在那儿自言自语："咱们怎么一点儿都看不出是刚到这儿旅游的，没个高兴劲儿，也不兴奋呢？"我侧头皱着眉对她说："怎么高兴啊？有参加完白事兴高采烈的吗？咱来一趟，没给人家随份子，连个带挽联的花篮都没送就够不合适的了。"女孩深刻地点了点头："还真是，我都没哭。"

我的男同学们

我亲爱的男同学们不约而同地长了啤酒肚，同学聚会上，落座那么一观望，就跟孕妇聚餐似的，反倒我像个迎来送往的保姆，伺候局。肚子尚小的男同学，头发都花白了，跟个老爷爷一样端坐在椅子里。很难想象，我们这些带着各自百舸争流面相的人是同一个年龄来自同一个班级。因为只有我一位“够意思的女同学”，所以我无法对比光阴对于女性的侵害。当他们说就我变化不大的时候，我心里还是狠狠地窃喜了一下，把所有酒杯里的酒都给斟满了。

可是几轮嘘寒问暖以及通报完孩子多大在哪儿上学、对象干什么了等等，男同学们陷入集体沉默，要知道，不是任何男的到一块儿就能针对国际国内大事展开讨论。我的男同学们羞涩而内敛，光问我电话号码就问了六遍。

放着昏黄肉菜的转盘在眼前一圈一圈地飘过，他们很少动筷子，倒一个劲儿地劝我吃。一位男同学大概觉得实在尴尬，书包打后背处拽到胸前，哗啦一拉拉链，同时对着大家说：“你们猜我上午买吗了？”这个问题实在突兀。但男同学们就跟被老师点名了一样兴奋地探头探脑，还在那儿“吗呀，到底是吗呀”烘托气氛。男同学手里托举炸药包似的，双手捧着：“黄花梨的！”我看了一眼，就是个木头刻的小茶壶。有人问：“多钱啊这个？”男同学说：“八千。上午闲逛的时候买的。”此时此刻，我的仰慕之情油然升起。人家闲逛兜儿里就能揣一万块钱，我连上班才只带张地铁卡，里面金额不足二十元。

男同学拿大拇指一个劲儿地搓木头壶。然后这件东西就如同稀世珍宝一般被一双又一双手接过去，赞美木纹、赞美雕工、赞美价钱，直到那放不了水的壶传到我手里。我拿鼻子闻了闻，问：“这能干吗使？”众人哗然。

我的无知，极大刺激了男同学们的表达欲，在接下来的时间里，如同鉴宝大会。最让人惊讶的是，这些大肚子男同学，人人都从书包里或口袋里或手腕子上，拿出各种木制品。而且样样据说价值不菲，他们就像成天把存折带身上一样，而我，只有一张地铁卡。

六个月肚型男同学身体后仰，跟坐在躺椅里似的，一只手上盘着串黑乎乎的佛珠，拿大长指甲挨个往后扒拉。他介绍货源的时候是这么说的：“现在谁还戴名表啊。成功人士手上要没串珠子，你都不好意思介绍自己是开公司的。”我说：“可是现在连开出租的手上都戴珠子呢。”男同学伸手把自己的珠子递给伸过来的手，接着说:“珠子跟珠子可不一样。我这是奇楠珠，跟戴橄榄核和菩提子啥的不一个层次。要戴，就要戴同品种里的顶级货，没有好的宁可不戴。顶级沉香买不起，戴顶级黄花梨。黄花梨也买不起，戴小叶紫檀。小叶紫檀都买不起，那就戴手表吧。”我特别注意了一下这位男同学，穿着粗布疙瘩襻衣服，桌子底下还藏了双趿踏着千层底布鞋的脚。这是成功人士吗，再往前推几十年，手里搓俩大铁球，就是个混儿混儿形象。

另一位出怀的男同学，打书包里抽出块破木头，然后让大家依次闻。我问:“这是放鱼缸里的吗？”他摇头，我又问:“这种木头有小块的吗？给我一块，放蜥蜴的饲料盒子里。”他瞪大眼睛盯着我。我心话儿，小气!

后来，据说那破木头是沉香，还得刮成沫那么闻。闻了有什么好处呢，男同学们说清心醒脑。我觉得还不如闻闻清凉油呢，连晕车都管治。可男同学们都认为我没文化，一个劲儿劝我多吃，把嘴堵住。我要鲜榨汁的时候，他们又聊到收藏普洱茶了，我谈地摊儿的时候，他们聊拍卖会，我端饭碗的时候，他们谈汝窑。他们像女人比美一样抢答，为了显示自己肚子里是有货的。

只有吃，才能让我冷静

很多书都说具有“治愈”功能，深入人的心灵，看完特管事儿，多糟烂的情绪沾两页就跟把泡腾片扔水里似的，噼里啪啦一堆泡冒上来，心病能好。其实呢，“治愈系”就是那些泡儿，除了虚张声势，啥用没有。后来我想明白了，想管用必须得真材实料，古人有“何以解忧，唯有杜康”，抛开广告嫌疑，就是要告诉后人，吃吃喝喝才能让自己心情愉悦。

前几天，出了档事儿，弄得我心烦意乱，为了让自己冷静，我开始了食疗！

中午，陈完美推荐了麻辣小龙虾。虽然这东西普及率已经到了臭遍街的程度，但她执意说，那是她吃到的最美味的小龙虾。我问她一顿吃几只，她把斜挎的包往后一甩：“我自己就能吃一盆！”这饭量像形容猪的。在那样一种情形下，我却很动容。一个成天穿得跟民国丫鬟似的中国古典文化代言人能这么形容自己，那是何等情怀。我当即决定，咱俩必须点两盆！

我的心情，是看见小龙虾那一刻豁然开朗的。量太大了，一个钢种盆，红辣椒似的小龙虾个个罗锅，弯腰谦卑地扎在花椒粒里。我刚要感慨，又上来一钢种盆，半盆油荡漾了一会儿才平静，据说这盆不辣。你以为这两盆就结束了吗？错！才刚刚开始。陈完美又点了一盆酱排骨，一大碗土豆泥，以及一盆蘸酱吃的乱七八糟的青菜。食材太扎实了，这饭馆怎么就不能买点儿盘子呢？

服务员给了塑料手套，那意思你就别自己把手下油锅了。可是陈完美一把挡住了我要去拿手套的手：“别用那个，影响动作。”桌上摆的到底是假肢还是手套？

在此之前，我是没吃过这东西的，嫌麻烦。可是，今天不是为了吃，是为了让自己安静！也不用推杯换盏了，她直接把一盆辣的端到我的眼前，再把不辣的一盆拽到自己那儿，俩人跟要洗脸似的，先把手伸进盆里搅和。实在太多了，还没吃，我就有点儿含糊。陈完美已经娴熟地掰脑袋了，还同时安慰我：“别看多，就跟嗑瓜子一样，一会儿就都剩皮了，你一边吃一边冷静吧。”

我看着她，需要学一个吃进嘴的全过程。很快就看明白了，掰脑袋，嘎巴一声，溅出的汁呈点状糊住了我的眼镜片。我刚要拿餐巾纸，陈完美再次制止我：“吃这个必须戴眼镜，你知道这辣汁要跟眼药似的被滋进眼睛里多难受吗？”我使劲儿眨巴着眼睛，表示我的赞同。拿指甲抠住小龙虾的身体，一使劲儿，咔吧，皮上溅出的汁滋了我一脖子。当然了，因为我脖子短，胸口上也是红色油点儿，跟T恤衫上起了一层痱子赛的。

服务员跑过来递上两个空盆，让我们放皮用，时间恰到好处。真跟嗑瓜子似的，彼此无言，全是嘎巴、咔吧的声音。我确实越来越冷静了，尽管心里火烧火燎，尽管眼镜基本变成了毛玻璃，尽管T恤衫由痱子变成出疹子，一想到已经这样了，干脆好好吃一顿吧，内心可敞亮了！

当我把两盆皮和其他吃得差不多的容器拍了张照片发朋友圈后，很快就有人问："这是俩女的饭量吗？"我刚要骄傲地回复"是"，陈完美蹭的站起来，一手拿着塑料袋审视能给家里的狗带点什么一边说："你回复这是四个女的吃的！"我按着手机，听她抱怨："也不说给金毛留点儿，就剩黄瓜了。"

食疗的效果是强大的，我都没心思想别的了。分手的时候，我心满意足地跟陈完美说："只有吃，才能让自己冷静。"

为什么是白粉底液

多日以前，我的编辑就开始提醒我，千万别忘了去亚马逊录名人访谈。尤其强调了好几遍，“得录三小时！千万不要穿白色的衣服，因为后背景就是白色的！”我一听这三小时就含糊，于是约了北京台的张璐和温莎新闻通讯社的赵文雯，三个女人一台戏，总能把时间扛下来。

我让张璐过来吃饭，她说不能吃，要保持神秘感，要不话在饭桌上都说完了，大灯一照就剩此时无声胜有声了。赵文雯被我的编辑从单位揪来了，她把吃饭的事说得十万火急，以至于赵文雯穿个极其肥大的孕妇裙披头散发地进来，我直盯着她看，赵文雯心知肚明地边落座边对我说:“别看啊，没怀老二，没情况！”

我抓了她一把打绺儿的头发问:“你洗头了吗?”她说:“没空!”

然后她心急火燎地问:“三小时怎么聊啊!”这时候饭桌上出现一种声音:“什么三小时,你们一个小时就够了。”我们差点雀跃,赵文雯扒了一口米饭说:“嗨,一个小时你自己就够了,一会儿我坐下面看你,给你鼓掌。”接着,她把菜汤子拌在饭里,又吃了几个像雨花石一样的汤圆。桌上的人赞美道:“你们一看就是好朋友,可以不吃菜。”上下句联系得怎么这么消极呢?

去录制现场的路上,赵文雯闷头刺得我:“你能不把自己往大婶上打扮吗?找你是来演韩剧的吗?受累你也隆重点儿。”我说,我带衣服了,一会儿上去换。

到了录制那屋,一对儿大黑沙发,根本就没有传说中的“白色背景”。我打包里掏出特别隆重的黑裙子,问她:“我穿上这衣服你还能看见我吗?”合着我带的是隐身草。赵文雯令我穿上坐在沙发里,然后一会儿上前几步,一会儿错后几步,就真跟什么都看不见似的。然后,她拉开门,让摄影师进来,问人家:“你们看得见她吗?”摄影师说:“看得见啊!”难道这是智力测验吗?

直到两位亚马逊的工作人员都说能看见我她才放心。这时候,张璐来了,职业而端庄。赵文雯眼睛都红了,把我拉过去谴责:“你看看人家,你看看人家穿的!我不能再上台了,要不你就显不出来了。”可我觉得我哪件衣服都比孕妇服好看啊!

赵文雯气哼哼地问:“你为什么不化妆?”

我说:“我以为我天生丽质呢。”

她从牙缝里狠狠挤出一个字:“屁!”

我们去厕所,她打我的化妆包里掏出粉底液质问:“这东西你瞎买的吧？”

我问：“怎么了？”

她说：“你知道你自己脸什么颜色吗？”

我说：“我脸，土黄吧？”

她说：“你知道自己土黄还买那么白的粉底？”

我特别谦虚地说：“我脸是土黄，要再买土黄，还擦个什么劲儿啊？”

她说：“粉底必须起到弥补脸色的功效。”

我说：“所以我才买白的啊。你那意思买黑粉底液？回头网友以为名人访谈的是包公呢。”

赵文雯把粉底液抹了一大片在自己手背上。然后自言自语：“大白脸，一张大白脸。脖子还涂点儿吗？要不俩颜色。”

每天不化妆不出门的赵文雯，时刻强调：“哎哟，我就从来没给别人化过妆。如果我化坏了，你得原谅我。”

我说：“你放开了化，我决不看镜子一眼。”

赵文雯问我：“你睫毛夹呢？”

我说：“我没那东西。”

她说：“你还好意思是女的。连个睫毛夹都不带。”

在她让我睁眼闭眼无数个来回之后，忽然说：“我的手直哆嗦，我真没给别人化过妆，在你眼睛上画的都是波浪线。”我实在无法想象，满脸黑波浪是什么面相。

稍后她又开始夸自己：“你看，你左眼画完明显比右眼大两倍。”我滴个妈呀！我赶紧央求她把我俩眼画一致了。

当她满意地拉上化妆包的拉锁，我扭脸看了一眼镜子。惊叫：

“你把我俩眉毛画那么长干吗，谁眉毛能延伸到太阳穴上去？”

赵文雯谦虚谨慎地回应：“哎呦，我也不知道眉毛应该有多长，你要嫌长就拿手蹭蹭，马上就掉。”我把俩眉毛各蹭下去一公分，才觉得有脸的模样。可怎么看怎么是三角眼，特别像《天书奇谭》里的狐狸。可赵文雯一口咬定我不像妖孽。她指的是身材吧？

当我眨巴着一双明媚的三角眼回到访谈区，张璐说：“您是穿冲锋衣来的吗？”吓了我一跳。但很快大家都投入精力赞美赵文雯的手艺。他们说的是心里话吗？我怀疑。

我后来看照片，发现她给我抹次了一对儿红眼影，照片里的我跟哭了一夜似的。怎么看怎么委屈。

土豪，咱能不做朋友吗

有的人特别愿意混“场合”，管那叫人脉，“场合”里的人最喜欢做的一件事就是，握手，互相存电话，然后合影。数最后一项尤为重要。他们的神情就好像自己是打一个叫“上流社会”里来的，头发梳得油光瓦亮，有一类男的拿瘦款西服裹着自己，本来那些男的已经长得跟杆儿似的了，还不买合适衣服，拿布捆着自己，时尚人士光显俩大脚丫子了；还有一类男的，像直接从旧社会来的，亚麻衣服皱皱巴巴松松垮垮，就算戴眼镜，也得戴那种黑色圆框，有账房先生气质的，这类人多为胖子，腆个大肚子。无论瘦子还是胖子，站那儿一张口就是：“10ml 野格，10ml 苦艾，10ml 波兰 96 度伏特加。”然后另一个就得摇着杯子：“1/4 威士忌，1/4 白兰地，1/4

杜松子，1/4 味美思，再来一汤匙比利时修道院橙苦啤酒，麻烦你，请加一枚红樱桃。”还没喝呢，我听着都像酒话。

场合里的女人，不是交际花就是服务员，像我这种把自己捂得严严实实的简直就是怪物，人家能露的都得给露出来，不能露的也争取给留出若隐若现的空间，她们说这么打扮是对“场合”的尊重。我心说，吗场合啊，又不是大众浴室。

我其实跑这种“场合”来冒一头，是因为有人没完没了地打电话邀请，总不能次次都咒自己说病了，所以本着开开眼的心态欣然赴约。如果不是因为我写过几本书，估计打门卫就给我哄出去了，当然了，虽然我手里有邀请函，但就算进去了也像混进去的，我自己心里都怯。女人们手里都捏着个亮晶晶的手包，我猜里面放着手机和银行卡吧，而我肩膀上的大布包跟化缘用的似的，还曾经很自豪地用它装过 37 本书，咱的大包里也有小包，那钱夹是赵文雯前几天送我的，上面明晃晃三个大字“辛苦钱”。

一个男土豪迎向我，还拽着个女土豪，我满脸挤笑，很窘迫地想，对方穿成那样拥抱和握手显然都不合适，好在服务生很有眼力见儿，举着大盘子就过来了，各种颜色的酒。我跟偷一样，在他打我身边错过的一刹那，掏过来一杯，直接笑着跟男女土豪碰杯。这还是中国吗?

男土豪的女朋友那胸口的大垂挂式项链，跟听诊器似的，姐们儿颈椎真好。男土豪直接往我旁边一站，把手机递给“听诊器”说:“给我们照个合影。”我又笑了一下，照完了。俩人很职业地找别人合影去了。五分钟后，我发现有人在微信上加我，接着，我发现有我的合影出现在我并不熟悉的那些刚碰过杯的人微信里。

他们就是来合影的。真是奇怪的一群人，生活得多单调啊！

后来我发现，人生单调的是我。男土豪在微信里问我收藏什么，我特别兴高采烈地说，我收集各种鸟毛，他都没容我骄傲地说出澳大利亚一种鸟的名字，就说他喜欢收集车，我问，你有很多车模吧。其实这话也就是顺口搭音客气一下，土豪则说："不是车模，是车！我最近在收集宝马迷你款，不同颜色不同系列各买一辆。"这还能聊得下去吗！

说实话，我并不知道土豪到底是干什么的，最初知道他有个投资公司，就是钱烧得难受得找别人替他花那种。大概嫌别人花得慢，所以他今天投拍电影，明天干出版，后天经营模特公司，身份很多。对于这个时代，他的存在很可贵，因为多少冤大头经过长久的摔打都长脑子了，而他还在为梦想卖萌。

有天让我一定要给他的新戏捧场，一个月内锲而不舍地打电话。我磨不开面子就去了，后果跟我预想的一样，见面的第一件事就是照合影昭示天下，当然，我只是众多"特意捧场而来"之一，照完相的人寒暄着走了。他还沉浸在自己的艺术氛围里。

我真的，不想跟土豪做朋友，因为我实在不是个爱照相的人。

是名媛还是祸害

自从高红霞一脚迈进时尚圈儿，洗心革面的程度跟得了老年痴呆症似的。因为她面对雀跃的白花花表情木然，冷淡礼貌，甚至白花花在人堆儿里大呼：“哎呀，你越来越时髦了！”高红霞满脸面对粉丝的神情，那礼节的微笑长久地停在脸上，让白花花自己都觉得再说认识人家太不礼貌了，可她还是死心眼地站着不挪步。高红霞倒是很淡定，伸出并得紧紧的手掌，很客气地说：“对不起，我得过去说个话。”人家走了，只留下身上的香味儿让你闻。

几步外，高红霞斜倚在吧台处，后摆比前摆长出两尺的大白裙子耷拉在地面上，跟个刚下完蛋一时缓不过来劲儿的老母鸡似的，也不怕被别人踩住绊一个跟头。

这是一个“名媛艺术展”，因为办展览的哥们儿人缘好，特别质朴地成天打电话说开幕式需要鼓掌捧场的人，我和白花花就是因为仗义，顾全大局，起了个大早就往办展览的那地方赶。我出了地铁给她打电话，她呼哧带喘地说自己也刚下地铁正往这边走，让我等她。为了醒目，我站在一个早点摊的侧面，那一锅豆腐脑嘘得我汗珠子直往下掉。这时候，白花花打来电话说自己走反了，正往这边跑呢。

当两个中年妇女前胸后背都被汗水湿透，当我们额头上继续跟犯了更年期一样没完没了地冒汗的时候，我们还是丝毫不敢耽误去鼓掌的时间，用推土机最高挡的速度赶路。一进去就傻了，到的人穿着都比我们正式，三三两两彼此寒暄着，介绍着，攀谈着，合影着。自助吧台上有红酒，当然了，除了红酒还有其他饮品，但人人都只擎着红酒的杯子，边晃悠边聊，就跟自己成天在家也这样似的，娴熟而自然。还有光膀子拉小提琴的姑娘助兴。

我们互相安慰着:“咱是来鼓掌的！咱是来凑人数的！”就在这个时候，白花花一眼看见了高红霞。在满眼都是艺术家的氛围里，作为女人，她一点儿也不突出，因为几乎所有女的都珠光宝气，胸口洞开，酥肩耸动，我和白花花倒挺突出的，就这一身儿出现在菜市场都显得特别平凡。

可毕竟是被请来的，毕竟白花花比我的名头要大，没一会儿就有人来给我们介绍，当高红霞再次站在我们对面的时候，她比刚才热情多了，这时候，人家叫她“萨拉”。我当时脑子里就出现一盘大拌菜。

“大拌菜”大概有腰椎间盘突出的毛病，逮哪儿喜欢往哪儿靠，就站不直，显得特别曼妙。我看着她起码修饰了多半天儿的大长指甲，和手里抓着的小坤包走神儿。大拌菜说，经常和名媛们去瑞士滑雪呀，去西班牙吃海鲜呀，去巴黎喝个咖啡呀，再坐坐国际游轮呀。她在那儿“呀呀呀”个没完，像唱儿歌。我都开始怀疑了，这是在中国吗？

据说大拌菜前二十年还跟白花花她妈妈住一个小区呢，就是那种老楼，楼道连公用灯都不愿意分摊电费，家家打门缝里接出根儿电线安个小灯泡照亮。可如今，在你谈鸡蛋六块多一斤的时候，人家在谈鱼子酱要吃伊朗的。

白花花的胸口还被别了朵花，上面用金字写着“嘉宾”，她怕让她讲话，自己给拔下来了，还扎了肉。在我们仰头比着看墙上的狂草谁认出的字多的时候，那哥们儿来央求我们采访一下，“随便问几句就行，让她们觉得有人关注。”我跟白花花对视，我说，我没带纸笔，包里就一个病历本。白花花说，那我拿手机采得了，我这手机你会用吗？我晃了晃她那朵花，你举着手机就行，咱别那么入戏行吗？

白花花是个敬业的人，把黑屏手机举到一名媛嘴边，心虚地一个劲儿地强调，那我可要录啦！那我可录啦！最后，我们实在看不下去了，名媛们刻意到每个微笑每个动作都经过雕琢，太能装了。我拉着白花花，“外边找刨冰摊儿去去心火吧。”

咱这城市里还有名媛吗？别把名媛说得跟交际花似的，这样的女人无论放哪儿，花销大，感情又过于丰盛，简直就是祸害。

生孩子当玩儿

身边的人都在生孩子，真是可喜可贺。

在北京一大商场里闲逛，猛一抬头一张大脸在冲我笑。我抻脖子使劲儿往侧面张望，旁边的闺蜜问："看见熟人了？哪儿呢？"我说："就是打楼顶上吊下来那女的，前几天刚生完孩子，我以为她得猫家静养呢。"闺蜜指着几乎打商场天井上一垂到底的某活动广告条幅，赞美人家刚生完孩子的状态。我激动之情难以言表，给她打了个电话，她立刻在电话里问我："你没往我脸上扔飞镖吧？"

这朋友算是名人，生孩子都没耽误她到处行走江湖，所到之处都有脑残粉摇旗呐喊。我问她最近在忙什么，她精神抖擞地说："我才发现，生孩子那么好玩，打算尽快再生一个。"我的朋友圈里很少有玩生孩子这块儿的，大伙最常说的一句就是：“再给我十万块钱，我都不生了。”

古人说，生孩子对于女人来说是鬼门关，这话确实有点儿重了。虽然我当年并没有如这朋友似的认为生孩子有趣，但也是充满了好奇。但因为无数电视剧都在演产妇们满头大汗闭着眼嗷嗷乱叫，所以我对生孩子靠自己这事儿充满怀疑，我的意志不太坚定，满心想着给我一针麻药，然后不知不觉睡上一觉，醒了孩子就生完了，多好！

可据说我打手术室推出来跟关心我的人民群众说的唯一一句话就是：“千万别选剖腹产，太难受了。”人已晕厥。你知道大夫如探囊取物一样把整个臂膀全伸子宫里是啥滋味吗，等她拖着孩子的屁股使劲儿在我肚子里又拽又摇晃的，真是生不如死啊。至此，我对扬言“生孩子就跟玩儿赛的”之人，深深膜拜。

前几天一个朋友的老婆也到了预产期，她人长得小巧玲珑，事业心强，之所以说她事业心强是因为她在羊水破了之前还在单位亲力亲为处理繁杂事务，仿佛生孩子这事儿就像下蛋那么简单。可是下蛋还得有趴窝的时间呢，她一点儿时间都不给自己留。

搁一般人，羊水破了就赶紧去医院等着天使降临人间吧，她不，坚持收拾屋子，用小时工的标准要求自己扫地擦地把家里弄得窗明几净。医院的产科我们已经联系好了大夫，可是连院方都着急了，她不着急，她觉得肚子都没疼，去那儿等着没必要。直到身边的人都急了，质问他们是不是打算把孩子生在路上，这姑娘才慢慢起身，轻声跟自己的丈夫说：“要不，还是去吧。”从决定去，到真出门，大约有半天的时间，因为她开始沐浴更衣，然后进厨房做饭，四菜一汤，说必须把营养补足了，要不没力气生。等都折腾够了，到医院就被推产房去了，眼看着大夫一路小跑，大概大夫也没见过生孩子还掐点儿的。

楼道里男家属们互相交流经验，说只要听见里面一个人喊“使劲儿”，就是孩子快出来了，听见两个人喊“使劲儿”，就更快了，如果听见三个大夫同时喊“使劲儿”，孩子就该马上出来了。可到我这朋友这儿，里面传出一声“你别喊了”，孩子就已经给抱出来了。

三小时之后，这掐点儿生孩子的闺女已经抱着自己的千金出院了。让我真是叹为观止啊！看看人家怎么当的女人！

我尾随他们回家。这刚出生的孩子被裹巴裹巴放在沙发里，脸旁边还放卷卫生纸。我问为什么不把孩子放进婴儿床，这爹说：“她妈妈说，放婴儿床上不容易抱，放沙发上还能方便来观摩的人看。枕边摆卷纸是怕孩子脸睡歪了，守着卷纸能把脑袋睡圆。”这育儿思路真新颖啊，跟我们卖命生出的孩子养的方法都不一样。

人生总要遇见几个奇葩邻居

都说远亲不如近邻，那是因为你没赶上奇葩邻居。要不人家“昔孟母，择邻处”干吗呢，日子过得紧紧巴巴，房价那么贵。

我家曾经的邻居一到半夜就打架，跟武行似的，两口子从来不局限于在屋子里交手，每到兴起时，女主人都会把门一敞，使劲儿在楼道里喊：“你今天就打死我，你要打不死我，你就不是爷们儿！”有这么视死如归激励别人的吗？那男的盖世武功全用自己媳妇身上了。最初每个月交流一下花拳绣腿，全楼的人都堵在楼道里劝，到后来每礼拜一次，观战的人都少了，因为打得一点儿都不过瘾，永远就那么几招，男的一抬手，女的就开始视死如归那么喊。最后，只剩我妈一个人跟救火队员一样，到楼道里揪过女邻居，在我们家客厅休战。

女邻居就跟好演员似的，入戏出戏仅一瞬间。她没一次能准确说上来为什么打架，咒骂自己丈夫像抒情一样自然而然，忽然话锋一转，说起某个化妆品特别好，要买可以找她。我们就是在这样的气氛里，卫生间的手盆上摆满了她推销的各种擦脸油。

我们家楼下新搬来的邻居更有特点，第一天一个老太太挨家敲门就通知左邻右舍，自己儿子有精神病，听不得半点动静，有动静就躁狂，会打人。我特别奇怪，为什么喜欢武术的全跑这楼里了。很长一段日子，我们家人一进屋就得蹑手蹑脚地走，探头探脑地跟来偷东西的贼似的。有个朋友来家里找我，看见我爸那么走路，大惊，对我挤眉弄眼，小声问我，“你们家排练皮影戏呢？”可就是这样小心，我桌子上用订书器，门外狂敲防盗门。我拉开门，看见一壮汉在屋外，后面一老太太紧紧地拽着他的衣角。老太太对我说：“你刚才敲什么呢？我儿子受不了了，他要打你我可管不了。”我赶紧把手里的订书器给她看。老太太说：“你别再出声音了！”然后带儿子绝尘而去。

后来我们搬离了那栋楼，搬之前，对门邻居终于消停了。因为终日夜半练武的男主人在儿子婚礼上一高兴把一个馒头直接吞了，一口气没上来都没等到 120 急救。楼下耳朵跟声呐似的壮汉被其他邻居半夜用洗衣机的声音快逼疯了，他虽然喜欢打人，但弱点是害怕警察，打了几次 110 就给治过来了。

同事陈完美家曾经有个邻居，八十多岁一个老大爷，见不得别人有说有笑从他面前经过，谁显摆幸福，他就打门缝里给那户人家灌 502 胶水。他也见不得别人开好车，谁开的车好他就拿刀片给轮胎划开。最后警察都拿大爷没辙，因为他岁数太大了，偏门的爱好不容易板。

另有同事白花花从来没遇见过奇葩邻居，大概为了让她长见识，忽如一夜春风来，打晚上十一点开始有一阵一阵异样的声响，她坚持了几天，实在受不了了。家庭成员开始开会分析声音来源，有的说楼上，但白花花认为是隔壁。她用扎实的文学基础写了一封大字报别在了邻居家门口："** 生活很美好，实为老天之恩赐，但因夜半宁静，加之家有正上学的孩子，望体谅为盼！祝你们幸福。"这样一张富有文采的告示愣是别在邻居家好几天，没人理会。白花花用脑子分析了一下，邻居家根本就没住人，她把大字报摘下，不知道该往谁家贴。

赶上白花花这样的邻居也够可怕的。但也有好的，一个朋友打美国空运了很多玫瑰花，不但种满了自己家的小院，还剩了一些，就分种到邻居的地里。没想到，早晨一看，邻居把那些玫瑰连根拔起扔在院外。

住哪儿真的不重要，重要的是你的邻居是否是个奇葩。

你的形象价值百万

市面上教你穿衣打扮的书一点儿不比教你怎么活着的心灵鸡汤少。每个人的审美存在严重差异，我对自己穿衣的要求是“不显山不露水”，做人群中的一个影子。我的人生警句是：不要试图鹤立鸡群，你就不该在鸡群里待着。

朴素，在解放初期是个夸人的词儿，但在物质文化生活极度丰富的现在，你还朴素，就有点儿跟大环境对着干的意思了。你不想花枝招展傲霜斗雪，你身边的亲朋好友未必咽得下这口气。我的朋友张朴素今年刚三十，身材稍胖，胖的程度其实也就是一米六五的个头儿，拥有了120斤的分量。她打小被别人评价为不会穿衣打扮，可最近发愤图强要往时尚圈里扎，一问原因，她说：“以前年轻，穿我妈的衣服也挡不住我的青春活力，现在生完孩子了，自动归为老娘们一类了，再穿我妈的衣服，我妈都嫌我老。如何捣饬自己必须提上日程。”

张朴素去听了一个国际形象设计师的讲座，这位讲师的形象设计资格是国际认证的，全亚洲只有六人，据说她还给华裔选美小姐设计过形象。张朴素下狠心要花钱让这位大师给自己设计一下，想在身边人眼中打个漂亮的翻身仗。她的心里预期价位是四千元，就这还一直纠结呢，啥衣服没买四千块钱先出去了。当鼓起勇气一打听，你猜人家设计一次多钱？四万！张朴素说，我豁出去了，不设计了！

不设计又不甘心，她又报名听了设计师的礼仪讲座，当然必须是免费的。大师问吃西餐时怎么喝汤，刀叉该怎么放，主食面包最多吃几块。张朴素坐第一排，大师用期许的眼神看她，希望能跟她来个现场互动，可张朴素站起来，扯大了嗓门问："主食面包多大一块？"

张朴素发誓要改变自己的形象，紧着跟设计师套近乎，听完礼仪课，又蹭了一节免费的着装讲座。设计大师的着装理念真不是白给的，上课时，她上身穿黑色衬衫，一边衣襟掖在下面民族风的短裙里，一边衣襟耷拉在外面，腿上套着异常扎眼的桃红色丝袜，脚蹬一双民族风尖头鞋，脑袋上还别个鸡毛毽子那种次次歪歪的羽毛。上来吗也不讲，先让各位学员评价一下她的搭配。因为都蹭两次课了，张朴素咬着牙，昧着良心狠夸了一气国际设计师，国际的就是全人类的。张朴素打现场给我发来主讲人的照片，那大粉袜子穿的，洗浴中心的女干部都不走这种路线了。

后来设计师说想把衣服穿好看，首先得有个好身材，她推荐张朴素去参加一个减肥大赛，那边全城招募参赛选手，承诺每人至少能降20斤。张朴素一听高兴了，奔过去一问，体重必须达到200斤才有资格参加，像她这种胖子队不收瘦子队不要的，可以免费体验一下他们推广的减肥方法。势在必得的张朴素当然去了，美容师在她肚子上又压又揉，然后用机器绑肚子上嗡嗡地开始震动甩脂肪。这时候经理来了，跟她聊天，不经意间看到她的胸，“哎呀，你这下垂了啊，我们这里有种设备能达到提升效果。”说着，又给她用类似小手电的东西照了照，左看右看跟赌玉石似的。经理说："你这乳腺堵塞啊，不及时修复以后会有危险。”吓得张朴素赶紧问多久能治好，答“得至少半年”。那得多钱啊？经理给她又打折又优惠地算了半天说，五万！

张朴素幸亏受党教育那么多年，至少知道有病得去医院，她就在那一通哭穷，说自己没那么多钱，还得养孩子又得还房贷款等等。那经理就在那儿对答如流，你这么年轻，穿得多土啊，女人就该对自己好一点，要不老公就会嫌弃等等。

后来张朴素花三万参加了一个提升女人形象魅力的班，说老师可牛逼了，在大礼堂上课，要求学员必须穿晚礼服，必须化妆。有个学员迟到了，没换上礼服，被老师骂了一顿，不让她上课，一节课好几千呢！我心想凭啥不穿礼服就不让上课，再说，一群穿晚礼服的女人，在课堂上拿圆珠笔记笔记，多不搭调。

一个人的形象是内涵的积累，美是由内向外的散发，像花的香味儿。可劲儿往身上喷香水再中毒。

就为吃苦来的

很多人问我，为什么去尼泊尔，我说："看大象。这不是比去非洲便宜嘛。"

在奇旺，我被大象驮着，哗啦哗啦踩着原始植被就进了森林。因为之前下过雨，所以地面很泥泞，陷在大象脚印里的积水反着斑驳的光。为了不打扰动物，向导提示我们不要发出声音，可是我旁边的英国老太太总是按捺不住兴奋，拍拍我的胳膊让我往这儿看或往那儿看，痛恨自己英语不好，根本听不明白她叫我看什么，只好顺着她手指的方向望去，然后"OK！ OK！"土土回身问："你看见什么了？"我说："嘘！看见好多树！"

大象是很有个性的动物，如果你骑马，一定是所有的马都走一条道儿，非常有秩序地排列，但大象不是，绝不走寻常路，每只象都在独自穿越，哪儿林子密钻哪儿，人都快给挂下去了。

当大象在奔跑了几步忽然停下之后，我们赶紧定睛寻找，居然在我的腿旁边有只黑色的犀牛！它的皮肤像皮质盔甲一样厚实，并且反着光。这犀牛比动物园里的干净多了，而且非常灵活，跑动速度很快。大概它们适应了这一天几轮的观摩，所以对身边的大象和人视而不见，闷头吃草。而尾随在它旁边的是只小犀牛，据说是它儿子。俩家伙是这国家森林公园里的明星。

一般电影情节到高潮迭起的时候就该结束了，骑大象也是，在看完犀牛之后，大象就开始快速往家走。穿过茂密的丛林，穿过并不宽阔的河流，穿过平原地带，也就出了森林公园。

记得来尼泊尔之前，我跟一个去过非洲的朋友说来看动物，她说:“倒是跟动物园看的不一样。动物园你买张票什么都看见了，到国家森林公园跑老远的路，也不见得能看见几只羊。”可是我们不就愿意这样吗？当我们什么都能易如反掌地得到的时候，反而厌倦了，我们迷恋上寻找的过程。能让我过几天苦日子吗，成天吃糠咽菜就行。

苦日子还就说来就来了。这里的自助餐很简单，烤西红柿、烤辣椒、盐水圆白菜、奶酪、米饭和香蕉。我每顿都用自己带的榨菜拌米饭吃，倒也觉得美味异常。土土还要把打嘴里省下的小香蕉留给大象。衣带渐宽，人都给吃瘦了。

第二天，向导问大家是否去穿越丛林探险，说得像科幻小说情节。一种方式是徒步，一种方式是乘坐吉普，后者安全而能走得更远。当然，差别最主要的是选择徒步可以不花钱，选择坐车则要雇司机。我悄悄拉过帅哥向导问他，徒步和坐吉普看到的动物有什么不同？他看着我笑，然后悄悄说：“跟你能看见的一样。”

有几个人已经率先上了吉普，我扒着车后兜儿问里面的人：“刚才向导跟你们说能看见吗？”一个女孩把眼睛从手机屏幕上挪开，看着我说：“亚洲白犀牛、孟加拉虎、羚羊、鹿，还有鳄鱼。你不去吗？”我使劲儿摇头。

因为我的选择，一个向导留了下来。他递给我一根墩布把儿那么粗的长棍，这条棍子不知道被多少人用过，已经非常滑溜了。我像战士接过钢枪，问他这是干什么用的。向导说，如果在丛林里遇见危险就用棍子打。天啊！我从来没想过有一天，我在异国他乡变成女武松。

这时候，吉普车引擎响了，我的同伴们向我挥手告别，我则甩起我的长棍，弄得耳边嗖嗖的。为了让动物对我有点亲切感，当成自己人，我回房间换上了刚买的一身尼泊尔服装。就这么花枝招展地出发了。

至于这一路到底看见了啥，除了几个白蚁丘没什么特别的。大约在林子里漫步了一个多小时，胳膊都酸了，一直拖着大棍子往回走。那些坐吉普的人连下车看白蚁丘的机会都没有，一想到他们，我立刻平静了。我忽然都有点想我们家门口的动物园了，可咱跑这么远，不就是为吃苦来的嘛。

能照得模糊点儿吗

摄影是门手艺，尽管让智能手机给逼得快走投无路了，但还是有人坚持认为摄影必须靠相机。当年我也是这么想的。因为去西藏就买了个单反套机，一路上那罪受的，呼哧带喘地到哪儿都得扛着，会不会照放一边，端着瞄准，起码让别人看着像那么回事。一手拎着单反，跟拎块板砖一样，手腕子始终是酸的。

我最害怕有人让我给照相，因为我只会直接按快门，其他的按钮根本不敢动。可怕什么来什么，总是有不会察言观色的人拍着我的肩膀说："一看你就专业，帮我照一张吧。"我只好硬着头皮按快门，可怎么照怎么虚，我用特别专业的语气跟让我拍照的人说："咱俩能都别喘气儿吗？这相机敏锐，无论谁稍微喘气，都虚。"对方真听话，愣是跟扎猛子似的不动了，我都快憋死了，她还对着镜头笑呢，肺活量真大！终于照了张满意的，她过来：“呀！照得真清楚！”至高无上的认可啊。

我的摄影水平很稳定，每次出门的时候都找个专业的，请人家吃顿饭，然后把相机往那儿一摆，对方给我转几个按钮，然后对着四面八方跟朝拜似的各照一张，看一眼，把相机倒着交到我手上：“别动啦！这个模式够你用了。”当初，专业人士还很认真，非给我讲什么光圈优先、快门优先、手动对焦、二次曝光等等，我一句话就给顶回去了，“别让我走脑子，到哪儿，一按能拍就行。”

我坚持认为单反比别的相机照出来都清楚，所以我的单反一直履行着傻瓜机的功能。我这水平经常混迹于摄影旅行团跟着一群包里放着好多镜头的人看看日出什么的，一般得拍个从天黑到天亮的过程，但我的相机在黎明前永远发出一股拉风箱的声音，镜头自己一会儿长一会儿短，伸出去缩回来，快门是按不下去的。但在摄影团里，我的动静很惊艳，那些站在三脚架旁边的人纷纷回头。最后，他们拍黎明，我拍大太阳。

本以为类似技术水平只有我呢，后来在路上我发现，不惜力气带着单反立志沿途拜师自学成才的人真不少。在一森林公园里，我被一家三口拦住，男的非常放心地把他的单反举到我面前：“您能帮我看看相机吗？怎么照片存不进去呢？”我再外行，也不能在另一个外行面前露怯啊，我也学着那些大师的样子朝东西南北各照一张，每按一下就回放看看。确实相机狗熊掰棒子，只能留住最后一张，仿佛商店里那些让人拍着玩的样机，我很专业地点头：“你的卡坏了，带其他卡了吗，换上去试试。”男的狐疑地接过相机。说实话，我心里也打鼓，我连自己的相机都弄不明白怎么回事，他的谁知道呢？

回到住处，一个大哥让我靠喷泉站着，他晃荡着相机说自己刚换了50定焦，我一听就害怕，赶紧喊："是能把脸照特别大，身子都给虚化了吗？"他说这镜头锐度高，色彩细腻，画质好。照完我一看，一张大脸扑面而来，真清楚！脸上雀斑一个挨一个。这不是给人添堵吗？那大哥创作欲望还挺强，刚买了单反配了好几个镜头，逮住谁都不让走，非给照。大概是太激动，镜头一下就撞台子角上了。好歹上面有UV镜，没碎到镜片，可是这保护层拧不下来了。这大哥像科学家一样，找前台要了一杯热开水，把镜头擎在上面，UV镜探到水下，他说打算用热胀冷缩的原理把它拧下来。可UV镜不是罐头盖儿，50定焦都快熟了。随后，大哥要过我手里的钥匙，一下一下戳碎玻璃。

后来有专业人士建议我换个微单，我问有啥特点，对方说，轻，全画幅。全不全的我不感兴趣，我就关心一个问题："照得清楚吗？"对方很肯定："倍儿清楚！"我说，不要了！还是买个像素低的手机吧。装专业太累，我已经不追求清楚，开始追求模糊了，脸被照得又大又清楚实在是件恐怖的事。

看世界还是打天下

我们都挺爱操心的。那边教育专家说带孩子旅行的意义很大，最好边喂奶边看世界，这样长起来的孩子眼界宽，世界观特明媚；这边立刻起来反击说“不要带儿童去旅游”，因为去了白去，孩子记不住，爬美国的楼梯还是爬自己家楼道，对孩子其实都一样。

其实这有什么可争论的呢，自己的孩子，自己的钱。人家不嫌麻烦，拉家带口去发展世界观谁都拦不住。我经常遇见带着“行万里路胜过读万卷书”的孩子，飞机上的夜晚有了他们而变得像庙会一样。夜行西航，在我斜前方的孩子烦躁地在他妈妈怀里扭，动作幅度之大，意志之坚定，让我觉得这孩子真不是一般人。孩子妈妈的衣服质量还真好，要我这衣服，扭两下就成系死扣改墩布了。人蛇大战一般，让我外国电影都看不下去了。只见旁边一个老太太说:“你起来抱他走会儿。”孩子妈妈说:“他非要吃奶！”老太太不耐烦:“那就让他吃几口不得了。”扭做一团的母亲不愿意:“不能惯着！”孩子开始又蹬又踹号啕大哭。声音大得好几盏阅读灯都亮了，那些睡不着的人也开始在座位里烦躁地换着姿势，估计他们要有奶早就助人为乐堵住孩子的嘴了。

这边要吃奶的孩子可算哭累了，缓口气儿，那边精神抖擞的孩子也待不住了，在飞机通道里走柳儿。光让孩子走，家大人哪放心啊，一个孩子后面跟着一个大人，像遛狗似的，你倒跟紧点啊，煞老远，拿自己当特工，时不时做点蒙上眼睛东躲西藏的假象。走的那频率你要是不闭眼都得吐。有特别热心肠的孩子，你要上厕所了，他就能爬上你的座位蹦几下，然后把自己的玩具或者衣服当记号留下，或者把你的座位调直。我每次遇见这样的孩子都得特别违心地笑着说:“你长得真可爱，这带鼻涕的手绢是送我的吗？”孩子会一把抓过去，定睛看你几眼扭头而去。

我不敢跟他们有感情上的交流，因为只要一交流上，孩子能把屁股往你座位上挤，当他们看见点什么中意的东西会很直接地抓在手里问:“这个能送给我吗？”弄得特别尴尬，你说我那么大的人还跟孩子争东西，可是咱坐飞机也不是为散尽家财来的，只能把贵的藏起来，拿点零食对付。孩子们是明理的，知道袋子里的东西只能抓一回，所以恨不能半条胳膊都伸进去，虾条全从指缝里掉出来了，弄一地，孩子是走了，我得撅屁股在那儿捡半天，脑袋都控血了。

这个走了，又招来其他的。孩子们比谁更有勇气。旅行的意义大概都在这儿了。更有体力好的在厕所门口摆开擂台，扭在一起，看谁能摔过谁，刚开始是玩，到后来就变成打架了，烦躁不安的家长揪过自己的孩子往座位上哄。

尤其国际航线，十几个小时的飞行，精力旺盛的孩子们是来搅局的，他们怎么就不睡觉，也不能让别人睡觉，而且家长也不管呢？旅行，是磨炼意志的。

有一次我抽风买了动车的头等舱，狭小的空间跟其他车厢被一道门隔开了，我还没觉察这座位跟二等座有什么区别呢，俩男的各带着自己的家眷咋咋呼呼地上来了。孩子先抢座，再换座，俩妈妈开始讨论脖子上的玉谁的更值钱，男的议论开工厂，张嘴就几千万。没一会儿，俩孩子就开始做游戏了，互相砍瓜子，一个总砍不着能不急眼吗，上来就抬腿踢，家长赶紧拦着。孩子隔着大人的腿缝儿还较劲儿呢，乘务员非赶这时候送茶水，孩子眼疾手快拿起一杯就泼对面了，虽然全落地上了，但这头等舱太血雨腥风，我宁愿外边站着去。

带着孩子旅行，到底是看世界，还是打天下呢？

刘洁癖的洁癖

办公室有个女同事总是自我标榜有洁癖，只要她闲着，就开始在屋里转悠，然后在你身后边绕，跟玩丢手绢儿似的，突然冒出来一句:“瞧你这一地头发！”我赶紧低头看，地上确实有一根头发。没一会儿，她又出现在别人身后，用35码的脚点着地，一下是一下地说:“瞧地脏的，也不擦擦！”这样的人，你一定会认为她对自己的个人卫生别提多缜密了，可事实是，她电脑键盘如同在抽油烟机上吊了大半年，字母按键之间那些油泥啊，想看见字母，得现拿指甲刮糊在上面的油泥，还能顺便取指纹。再瞧她手边的茶杯，水还剩一两口的时候，杯子就变垃圾盒，有时候还拿它灭烟头儿用，吱啦一声。

所以，我对自称有洁癖的人都不抱什么希望，他们咯硬别人的同时特别放纵自己。

参加几个朋友的聚会，因为是陌生的圈子，为了方便彼此了解，要在饭桌上用最简捷的语言介绍各自特点。一位刘姓朋友被公认为“有洁癖”。众人对刘洁癖的赞美喜形于色，夸她如何爱干净，我很不以为然。对于一个脏惯了的人而言，生活的趣味都在横七竖八东翻西找中存着了。过日子又不是办展览，干净又能怎么干净呢？

为了让刘洁癖的事迹在我的脑海里具有典型性，在坐的各位纷纷爆料。有一次几个人组团去刘洁癖家做客，门一开，几个人就傻眼了。说屋里干净的，连白墙上都反着光。我问：“他们家不会满墙都是瓷砖吧？”没人理我。赞美之词继续没边际地扩散，说屋里一尘不染，四处泛光，眼睛能瞄到的地方都像天堂一样，哪怕是你思想里联想到的一点灰，都是对整体环境的玷污。我的想象力没达到那种天堂般的境界，因为我从来没去过干净到没人迹的地方。

屋里的局面排放出强大气场，立时把门口众人镇住了。竟然没有一个人敢往里迈腿，一边问“那么干净，我们能进吗？”，一边脱鞋扒袜子，但依然觉得这样进门是对地板的亵渎。其中一位姑娘对着刘洁癖大呼：“给我端盆水来！”刘洁癖一惊，但不知道来访的都有什么千奇百怪的民族习惯，又不好问，只得回屋端了一盆温水。

如果你以为门口这帮人要净手洗面就错了。他们一屁股坐下，开始洗脚。盯着彼此晾干了水的脚丫子看看，才觉得再穿刘洁癖家的拖鞋方能少点心理歉疚。几个有严重心理落差的人进屋就开始查卫生，要搁不知道的以为招了几位公安局刑侦科的人来家里破案呢。他们伸手往犄角旮旯里摸，什么门框上、墙角边、电视后面、纸篓下头等等，手机的手电功能让镜头处都烫了，可是愣没摸出丝毫尘土。

一位探员用敬仰的语气赞美着这种家居生活的不可思议："怎么能那么干净呢！他们家墙上怎么能连一个小黑点儿也没有呢！"这位探员一时兴起，要在刘洁癖家洗澡。沐浴之余扯下玻璃门处挂着的一条洁白毛巾，把自己擦干。这位探员性格活泼，一般人洗完内衣就找个背静地方晾着得了，可她怕自己的碎花内裤破了刘洁癖家干净的风水，于是拿左右手的两根儿食指分别挑着内裤两边，在屋里蹦蹦跳跳使劲儿转，说这样能给内裤甩干。有几滴水掉到了地板上，众人纷纷要去擦，刘洁癖说擦地抹布挂在卫生间的门里边，她拿出的正是内裤探员用过的"浴巾"。

中国人讲究礼尚往来。刘洁癖受邀来天津做客。为了等待这一天，众人提前三日从各自城市纷至沓来拼死拼活集体大扫除，按照刘洁癖家的标准让卫生不留死角，几个人腰都快断了。刘洁癖到的第一日其乐融融。凌晨四点，有人听见厨房里有响动，蹑手蹑脚顺着厨房门往里张望，只见刘洁癖蹲在地上，愣是把主家的抽油烟机拆下来自己在角落里擦呢。

事情至此，我相信刘洁癖真的有洁癖了。我特别希望她能来我们家。估计她这辈子都别想走了。

比画是最好的沟通方式

人与人之间交流需要语言吗？这一直是我特别纳闷的。经常听闻连普通话都说不好的谁谁谁又满世界转去了，我的心就会悬起来，替那个一句外语都不会的人揪心。就是因为英语不好，所以我出行特别谨慎。生怕回头哪天朋友圈里再流传着我蓬头垢面被拐卖的个人写真，还得麻烦大家转发。

可有的人靠比画就能行走江湖。比如有个哥们儿跑土耳其自由行去了，想买张火车票，挨站停的那种他受不了，必须得快车。所以，他把脑袋探进售票口，同时伸出一只手戳着目的地的地名，对里面的老外说："呜——酷哧——酷哧——酷哧——NO！"再伸手，"呜——酷哧酷哧酷哧——ONE！"里面的老外很有礼貌地"OK！

OK！”人家愣听懂了，给了他快车票。

买洗头水，这哥们儿对着售货员在自己脑袋顶上一边比画一边配音：“哗啦！”好像真有个喷头似的，然后他就狂抓自己的头发。售货员就明白了，洗发的护发的都塞他怀里。想买防蚊水，他就伸出一根手指头，在空中画了个圈儿，一边画圈儿一边配音：“嗡——嗡——”突然手指头下来了，直接戳在自己的手背上，然后看着售货员挠。老外立刻笑着“OK！”商品选购准确无误。

我还有个能说半拉咯叽英语的朋友，他带着几个一点儿英语都不会的同事就奔美国了。咱这儿到饭口，饭馆外面都得拿号排队，火得跟看专家门诊似的，可外国的饭馆真冷清。几个人坐那儿点菜，发现这儿的酒真便宜，要了一瓶干白。人家老外对能点一瓶酒的客人尤其重视，大堂经理站边上不走了，由衷地问：“你们喝酒一定是有高兴事吧？你们庆祝什么呢？”我这朋友好歹上过几年大学，听明白俩单词。可他不能说就图这酒便宜，还得编。他就指着其中闷头吃的一男一女，说那俩人以前有感情，后来各自离婚了，今天在你们的国家相遇，所以得庆祝一下。那背着离婚恶名的俩同事还吧唧嘴呢，什么都听不懂倒真幸福。

因为酒太好喝，一会儿就见底儿了，几个人又要了一瓶。这可不得了了，饭店经理率员工挨个敬酒，站旁边那通由衷祝福。虽然一桌人差不多已经什么都听不明白了，但看老外的神情真是在对你掏心掏肺。临走的时候饭馆员工挨个跟这几位食客拥抱，尤其祝福了那俩傻吃傻喝不明所以的一双男女。

酒足饭饱这几个人参加邮轮游，虽然就是几小时的行程，我那朋友忽然发现只有他们这桌人穿得非常随便，人家老外都是西装革履，再仔细看合着船上在举行婚礼。没一会儿，新郎的父亲就来这桌敬酒，感谢从中国来的朋友来咱家自己儿子的婚礼。我那哥们儿立刻就蒙了，明明参加的是个旅游项目啊，这情景随份子吗？他正打兜儿里掏来掏去，外国大爷伸手邀请中国女人跳舞。咱这儿的人哪见过这阵势啊，当时就扭捏起来了，半推半就去了船中央。可是音乐一响，没被邀请的几个女人坐不住了，多少年广场舞的经验不能栽在这儿，老外明显没中国人跳得好。几个女的站起来抻抻衣服下摆，甩下话："老娘上！"很快就到了"掌声响起来，我心更明白"的境界。

游船靠岸，在下船前兄弟姐妹们的照片二十五美金一张，我那哥们儿本想装不懂不买，但新郎的父亲特别有礼貌地微笑望着大家，准备跟中国朋友告别。咱不能输面子，有多少买多少。

通过那些靠比画行走江湖的大侠的经验，语言几乎没什么用，都是人，一比画就能明白。

在外国生活太简单了

总是有人很兴奋地在朋友圈里转哪个国家又免签了，哪个国家签证有效期延长了，奔走相告的雀跃劲儿跟免费分房政策忽然下来似的。出国确实挺容易的，现在谁身边没几个出国的啊，前几天问一个朋友为什么不起早贪黑接送孩子了，他说："我儿子去美国上学了。"小学三年级就去人家那儿当老外了。

我很羡慕那些英语好的人，能让对方知道自己不是哑巴，像我，手机里装着很多日常用语，想问什么直接拿给人家看，当然了，对方说什么我基本是听不懂的，只能通过看比画看表情进行分析。后来我发现了，语言真没什么用，如果你跟家里的狗啊、鸟啊、乌龟啊，都能交流，去哪国都不成问题。

张二掰跟我的想法一样一样的，所以他直接去了英国，他说外国太没劲了，马路上没什么人，看见点儿人还特别客气，跟你点头哈腰的。为了不孤独，他到英国的转天就去遛狗了，孩子养了两条小狗，他左手牵一条右手牵一条，狗绳缠手腕子上，远看跟俩狗押送一名罪犯似的。他觉得狗都有记性，遛够了能带他回家，所以越走越远。走了两里地都没看见人，可算到了一个连接火车站和地铁站的小公园见人溜儿了。俩狗也不动了，张二掰站那儿心想：咱看看老外吧。等他看够了，再一低头，俩狗一左一右各拉两摊屎。

这下可慌了，远处牌子上画着呢，狗拉屎不给处理得罚八百块钱人民币，咱不能白花这钱。可是一摸口袋，别说纸了，连钱都没带，身上就一件短袖T恤，也不能脱下来拿它裹。张二掰情急之下，岔开俩腿，把两摊屎圈在自己腿下护着。

张二掰见身边过来一个人就抬一下胳膊，甩狗绳："哈喽。"大概因为他的姿势太销魂，那么爱助人为乐的绅士们都绕着他走，张二掰岔着腿起码对周边男女"哈喽"了不下二十次也没人理他，草地上的㞎㞎都快干了。这时候终于来了俩警察，他使劲儿对人家"哈喽"，外国110还是有素质，站在他面前看他比画。张二掰其实没别的诉求，就是想要张纸，把狗㞎㞎抓起来找垃圾箱扔了。他一次又一次在警察面前先掏口袋，然后耸肩，再画方块儿，把跳广场舞的功夫都用上了，俩狗脖子给抻得直在那儿翻白眼。110终于明白了，也开始掏口袋，然后递给张二掰一副洁白的警用白手套！

这哪受得起啊！张二掰一边"NO"，一边继续掏口袋，耸肩，画方块儿。110终于从自己另一个口袋里掏出了面巾纸。张二掰兴奋地大呼"YES！ YES！"要搁咱，人民群众有困难，不就是张纸吗，还不把一包都给群众。可是老外抠门，从那么小一包纸里抽出一张，交到张二掰手里。

终于抓起了狗屉屉，腿可算能并上了！可是狗不认回家的路，他往哪儿走狗往哪儿走，他停狗也停。

张二掰手都不够用了，偌大的地方，愣没个垃圾箱！他终于找到公交站牌，虽然咱不会说外国话，起码认识字母的模样，看准了几路到家，张二掰决定，跟着公交走。狗等人，公交可不等，你就算拼命跑也跑不过它啊。可是，追不上这辆还有下辆，怎么走一个多小时愣没见垃圾桶呢！

张二掰越走越热，手能不出汗吗？外国纸浆太纯，没什么添加剂，一沾汗全化了。最要命的是连狗屉屉都软了。总看见报道说中国人到国外素质如何如何，素质多高啊！张二掰在旷野无人的情况下，一没随地扔，二没往墙上或树上抹，就那么抓了一路，走了三个多小时，愣给带回家了。

这次经历让张二掰凭生了学点口语的兴致，他问孩子“您能帮个忙吗”怎么说，孩子教了不下十遍“Can you help me？”，张二掰学会了，在那儿叨叨“Can you love me？（你能爱我吗）”，孩子赶紧说你千万别学英语也别乱说去。之后再说外国话都得背着他小声说，生怕被他学了去。张二掰特别纳闷，为吗你们都能说英语就我不能，这英语不挺简单吗，教我几遍就会了。

世界那么大，是吃饱了撑的

出去旅行，我最害怕跟两种人同行，一种是拿自己当资深摄影师，走着走着，你还跟他饶有兴致地说话呢，人家呼一下就能蹲地上，撅屁股对着墙根儿的一株小草上下左右地拍。你说这面墙跟两步之外的墙有啥区别呢，没走两步，呼又蹲下去了，继续撅那儿把手机一会儿竖一会儿横地拍，一面墙的工夫他磕好几十个头了，让你一句整话都说不完，不命令你也蹲墙根儿跟小草棍儿合影就不错了。还有一种人根本不看什么景色，手机里存的全是小吃和饭馆的地址，这类人比前一种人更可怕，拍花花草草的起码手机内存大，文艺情怀可劲儿发挥，后一种人的胃就那么大，找饭馆跟找四散的亲戚家似的，扫听起来特别不嫌麻烦，每到一处都充满激情地吃，咱吃饱了就不惦记了，可人家像玩游戏吞金币，吃得越多越带劲，一边发朋友圈一边不让嘴闲着。

我和刘三顺是一起成长起来的朋友，之所以关系不错是因为我们既不讲究穿也不在乎吃，我们强调的是心灵！可是自从刘三顺总在深夜发什么大包子大馅饼之类的图片，我觉得她变了。为了丰富朋友圈的内容，她把自己包装成“吃货”，还说在微信里一般发跟吃有关的，回复的多。刘三顺像个演员，用自己的胃赢着掌声。让一张嘴永远在路上。

我就不明白，像刘三顺这么自己花钱拍舌尖上的中国，微信怎么就不能发点儿工资呢。她执着到回河北省给姥姥上坟，车上除了一束鲜花，愣还带了瓶健胃消食片！

我一般不敢跟她相约去远的地方，尤其少数民族那种新鲜饭菜多的地方，所有的时间都得耽误在各种饭馆和小吃摊儿。所以，当她提出下班在市区转转，我还是答应了，因为该去的能去的她全吃过了，总能在霓虹灯下好好谈谈心了吧。

我下班就去相约的路口等着，一打电话，她还回家换衣服去了。倍儿隆重，尽管上周才见过，她还是那么细致。我打老远就看见她了，上面一件老头衫，胸口上还印着个骷髅，下面一条松紧带裤子，这是要睡觉的打扮啊！都没等她走到近前，我大声呵斥：“你为吗穿成这样！”她说：“不能勒着肚子啊！”我实在觉得跟她站一起丢人：“你肚子里又没孩子！”她说：“现在是没有，一会儿要是吃得比怀个孩子还多呢，这不得打出个量来吗？”她一把拽住我就过马路，脑袋左右看着车，嘴里开始告诉我又发现了多少别人推荐的好吃的地方，而且已经规划好路线，必须探探虚实，不能让那些广告把吃货们忽悠了。合着她还担负着质检员的责任。

她考察的产品我一听就打算回家了。她要一家挨一家去尝刨冰。我特别纳闷，是什么让一个普通人以吃货自居，还能把热情持续燃烧。

那天晚上，在刘三顺的面前摆了一座又一座冰山，每一盘都是一只大狗熊的量，无论打上面浇下来是多么美味炫目的汁，我都没动勺的欲望。等会儿，你再看，刨冰跟卸了妆的女人似的，黏稠邋遢糨糨糊糊，好看的盘子也跟个盆似的。刘三顺指着乳白色的黏稠液体说:“你吃点儿炼乳，法国的。”我宁愿喝凉水。

我后来还是跟刘三顺吃了点儿正经的家常饭，她习惯性地饭前拍完饭后拍再发朋友圈，然后每隔两分钟拿油手滑动一下手机屏幕，接受人民群众的点赞和回复。我问她:“你真的那么喜欢吃吗?给自己贴上职业吃货的标签?”刘三顺说:“不是跟你说了吗，朋友圈里发吃的信息最容易引起关注。我已经习惯被人捧着了，这成我生活的一部分了。不是喜欢吃，是喜欢分享吃的时候那种感觉。”

我知道，她被朋友圈绑架了，耐不住寂寞也是一种病。

青春片与青春无关

用手机查最近有什么电影可看，被炒得沸沸扬扬的青春片跃然眼前，《何以笙箫默》的广告语是“强吻，要上了，下雨了，又跑了”，《左耳》的注解是“没有堕胎，完成度很高的处女作”。这是在演谁的青春？电影里的小时代们歌颂的是正常人家的孩子吗？

我一直不太爱看青春小说，有些半老徐娘的作者编出来的是她假想出来的青春故事，而有些闷头坐电脑后面的写作者大把青春不过斗室，以码字为生，他们是青春故事的打造者。真正人生途中一边迷茫一边打拼的少年们有几个拿闲工夫编所谓青春故事的。故事里的男女长得都跟模特似的，除了搞对象是主业，不用学习，不用打工，发型每天都得美发店修饰一番，每件衣服都有出处。真情告白有电话也不用，必须找个空地扯脖子喊。怎么也得淋个雨追个车什么的。

跟这些电影里的故事比起来，我们的青春太平淡无奇了！我记得我上学的时候要求必须穿校服，男女全是西装，女生是一身蓝，男生一身黑，西服里面就必须得穿衬衣，那年代一水的白衬衣，我的青春岁月，进了学校就跟进了治丧委员会似的，特别肃穆，尤其见了老师还得站住了深鞠一躬，后来我们的英语女老师还真英年早逝了，送别那天，大家都不用换衣服，因为实在找不到比校服再肃穆庄严的了。

今天的中学生们依然以校服为主，他们大多穿运动服。教育专家说中学生在服装上百花齐放容易牵扯学生的精力，这样可以制止攀比心。但以我的观察，虽然都给孩子们捂上傻大笨粗的运动服，他们却在鞋、手机、书包和发型等方面找齐了，坚持做到一枝独秀。运动服确实能彰显青春朝气，很多在工地搬砖的建设者们偶尔也穿这个。青春多五彩斑斓啊，各种社群活动、各种尝试、各种路口发小广告，根本不像电影里演的，除了搞对象就是搞对象，仿佛这辈子就是为搞对象来的。打小吃激素长大，都不可能那么能坚持自我。

我倒是觉得真实的青春比电影里迷人多了。那时候，一放学跟克隆人解散了似的，能分出男女就不错，在这样的大环境里选美目光得多么犀利，心得多细，学习得多不好啊。所以在很长一段时间，无法情窦初开。现在想想，全校也找不出几个“校花”“小鲜肉”，全班同学放眼望去，具有中国古典美的没有，倒是各种缺陷美都齐了，下龅牙、龇牙、鬼剃头、严重青春痘、特别矮、特别胖、满头白发、重度近视等等，我的同学们彼此并不嫌弃，携手并肩在青春时代总是能在所谓丑的背后找到美。青春，是最不势利眼的阶段，大家都是丑小鸭，彼此活在最现实的生活里。

当然了，总是有特别好看的人，总是有特别有才华的人，他们总是离我们那么远，远到他们的高考可以不用考多少分，远到他们只在影视作品里出没。我看报道说，有个青春片上映的时候，导演还是编剧在那儿喜极而泣，我就想，这流淌下的泪水，是因为发现原来拍这么不靠谱的片子也有人愿意看吗？

最让我难以容忍的是，青春片仿佛“人流”广告，动不动就有孩子了，动不动就“我对不起你”，甚至当一部片子拿“没有堕胎”来做噱头的时候，就显出自己多么出淤泥而不染吗？其实，青春片早多少年已经被编排成一摊烂泥了。那些青春，与我们经历的青春，无关。

一看就是亲妈

母爱是闪光的。光芒四射的时候连我周围都给照亮了。我妈是个特别热情的人，尤其赶上我有什么朋友要来，就跟上面领导来查卫生似的，打多少天前就催我收拾屋子，生怕把流动红旗摘走。大概因为在一个环境待惯了，我一点儿都不觉得乱，根本不认为收拾屋子就是待客之道，况且我的朋友没一个嫌我乱的，他们比我好不到哪儿去。

我去火车站接刘三顺，那闺女俩手揣在兜儿里直愣愣地问："欸，你开车了吗？"我手里晃荡着车钥匙："你真好意思，大老远来也不说拎点儿东西。"刘三顺像个推销假发票的，一边大步流星跟上我，一边说："别见外！"

到门口，菜香打门缝就挤到楼道里来了，我们使劲儿捯气儿吸鼻子闻，赞叹着："谁家啊！谁家啊！"我打开门，肉味儿！敢情是我们家！我这鼻子刚反应过来，眼睛反应不过来了，我们家凡是不坐人的地方，全拿白纱帘给罩上了，刘三顺一惊一乍地问："你们家是一直没住人吗？"我拉椅子坐下："不住这儿，我们都埋地里？"家庭氛围忽然肃穆了，到处都是白单子，花瓶里还离了歪斜插着喷了金粉的干莲蓬。

不知道我妈打哪儿买的白纱帘，那质量，跟吸铁石似的，你只要挨上它，它就能直接粘你身上，刘三顺屁股上挂着一块白布起来，倒是挺敏感，抬腿之前先打屁股上撕，静电刺啦一声，像撕了块皮下来。那一瞬间，她头发都立起来了。

而此时此刻，我妈正在厨房里忙活，虽然桌子上已经摆了不少鸡鸭鱼肉，但似乎这是远远不够待客的，我和刘三顺挤进厨房，眼前一抖，我妈把头发还给烫了！真是内心细腻的人，刘三顺这么心大的朋友，你披头散发她也看不出来，哪还用像迎接老情人那么隆重啊。我妈配着她的新发型，把一锅虾也煮得曲里拐弯的。

实在人遇见了实在人。刘三顺不常来，但也是年年能见几次，所以也算熟悉了。我妈看着她膀大腰圆的样子，一边劝人家多吃一边问人家体重。在刘三顺寻思该少报多少斤的时候，我妈很识趣地补上了一句："你不胖，就是显得礴实。"这真不是一句夸姑娘的话。然后我妈眼睛看着我："肉太瓷实了！"眼前那一盆炖肉我们还怎么伸筷子！

好在刘三顺心大，干什么都投入，对吃也是，无论你摆多少，她都不见盘子底儿不为完，特别对得起她167斤跟身高一样的体重。

我妈的高兴是由衷的，半个来小时就可以刷家伙了，没剩菜！

因为刘三顺当天有活动，吃饱喝足要化妆。她问我有粉底液吗？我说正好有，但我的粉底液不白，比我的皮肤还黑。她特别高兴，用占便宜没够的口吻说，我就喜欢显黑的，快给我！我把自以为得扔的粉底液给她，她往脸上抹啊抹啊，这叫不解气。你倒是涂匀点儿啊，她全抹腮帮子上了。而且她一边抹一边自言自语："得多抹点儿，这样脸巴子上多余的肉都在阴影里，就显瘦了。"这时候，我妈过来扒头看，她说："别再抹了，已经成阴阳脸儿啦！"余音绕梁三日。

为了显示出母爱的伟大和对远方客人的重视，在刘三顺住在我们家的两天里，我妈每天早晨六点半准时来送豆腐脑和煎饼果子，同时还有煮好的皮皮虾和海螃蟹。跟一年探监一次似的，刘三顺第一天就给吃顶了，大好时光都用在吃螃蟹上了。到第二天，还这样。弄得刘三顺待不住了，怕这么吃下去作孽，因为我妈送多少，她吃多少。我妈就认为送得还不够，继续加量。

我妈也纳闷了，这刘三顺也不是妖怪，怎么能一气儿吃进去那么多东西呢，还都不断顿儿。在临别之时，刘三顺说了一句"得减肥了"，人家是笑着说的，也就是客气一下。我妈当真了，到处找减肥方法，后来看中央台一档科学节目，说胖子之所以胖是因为吃起来没够还总觉得饿，做个微创手术把胃给系上，只留个小口就能瘦下来了。她非让我把这个喜讯告诉刘三顺，我澎湃着一颗温热的心就说了。刘三顺的反应还过激，她说："是嫌我吃你们家东西了吗？一看就不是亲妈。"

其实，只有亲妈才会如此啊！

如何对付讨厌的邻居
如何对付讨厌的邻居
如何对付讨厌的邻居
如何对付讨厌的邻居

硬气功
速成
王原
201205

想加我微信互相
分享吃饭的照片吗？

你慢慢细细地品，能品出大千世界的变化无常，体悟到生命的炎凉……
茶

先有鸡还是先有汤

减肥有风险

人到中年，饭量没见小，肚子倒见大。白花花不能容忍别人说她敦实，这些年她都没听过别人夸她“瘦”，能夸她“瘦了”就不错，别看就一个“了”字的区别，那含义可是波涛汹涌得丰富啊。

所以她要立竿见影，问一个200多斤的大胖子，人家是怎么减到100斤以里的，那人拿俩手在自己的大腿根儿上那么一圈，也就白菜那么粗，假以时日估计就变芹菜了，她特别骄傲地说：“想瘦，就得练哪。”白花花眼睛放光立刻拜对方为师。那棵白菜在中午的日光下脸都是绿的，眼圈乌黑，我小声对白花花说：“她是练瘦的吗？怎么跟喝毒药瘦似的呢？”大白菜很负责，时不时过来指点一下白花花，比如不能在跑步机上傻跑，跑多了肌肉就都变成一坨大硬块儿，也不能在椭圆机上运动，因为张牙舞爪却不消耗体能对减肥不利。大白菜给开出的偏方是，先狂蹬 20 公里自行车，然后上器械练身体各处肌肉。

我对这种培养拳击选手的偏方充满质疑，但白花花却深信她师父的话，因为人家体重在那儿摆着呢，控控水都能贴墙上。

白花花最大优点就是听人劝。几乎每天都看见她穿一身比自己体型小的紧身衣在健身房里蹬自行车，把那身肉勒得，哪里有压迫哪里就有反抗，肉全跟发芽了似的，往外翻翻着。你说你那么矮倒是找个小点的车练，她不，因为大白菜随手指了辆车，她就死认那个器械。比二八车都高一大块，她爬上去，脚根本挨不着地，这哪儿是锻炼啊，简直是马戏团训练。

不一会儿，白花花满头大汗地开始数数，再看那两条小短腿儿，蹬得嗖嗖的，要是能发电都够俩家庭用一个礼拜的。她运动很讲究频率感，见过装塑料盒子里的小仓鼠了吗，在轮子里一蹬就不下来，白花花也是，并不觉得这种运动单调，猫着腰探着脑袋，时不时问身边人:“你减了多少卡路里了？你跑了多少公里了？”听着别人的龟速，自己洋洋自得，脚底下捯得更麻利了。

别以为光蹬自行车就行了，这只是第一步，白花花打自行车上下来就进了旁边屋，那屋气场异常，满墙都是只穿三角裤的肌肉男大照片，有抱拳拱手的、有叉腰提臀的，反正就是给你展示身体各处肌肉群，一个个都跟老汤烧鸡的颜色似的。白花花特别懂行，在我面前做演示，往一把椅子里一坐，像上刑似的把胳膊腿儿插到该插的地方，四肢别好以后，弯腰低头，拿胳膊当液压机使，旁边厚实的大铁块被一次次地拎起放下。我问她这有多重，白花花喘着粗气说：“50 公斤。每组连续做 60 个，最少做两组。”有这劲儿，还不如留着回家多擦几块玻璃呢，连全楼的楼道都能照顾到了。

白花花大力水手一样练完腹肌，我以为减肥训练可以结束了，她说不行，师父说了，想减脖子上的肉还得上个拉力器。听得我这个着急，一个人脖子上能有多少肉啊，咱也不指着拿脖子拽汽车去，可白花花不听我的。直接到了个跟脚手架似的器械旁，扬言给我做个演示。她踮着脚尖，打上面拽过来一根铁棒子，俩手往脖子后面一搭，哗啦就跪地上了。我大惊，“哎呀，你这是要干吗呀！”她说：“你躲开点儿，我得磕头。”人家愣跪在地上，拿脖子带着牵引绳咣当咣当地磕了 50 下。我都想给那些墙上的老汤烧鸡上炷香。

你一定特别好奇，白花花瘦了吗？我要告诉你的是，体重一点没减，倒是把胸大肌给练出来了。可见减肥有风险，开始需谨慎。

闺蜜万岁

女人跟女人之间很容易亲密无间，就因为太近，所以常常明察秋毫。女人间的聚会，闺蜜们打扮得跟选美似的，人人都想一鸣惊人鹤立鸡群，彼此倒也赏心悦目。我与高闺蜜见面的事早就被她在朋友圈里传开了，我人还没出机场，她的微信里已经有了各种盘问，均可总结为一句，都在问：“这女的长得好看吗？”她用吃冰棍儿的手势言不由衷地低头对着手机屁股说：“哎呀，长得可好看啦！”对于这个回答，我别提多满意了。

因为太阳当头照，我怜香惜玉地打包里掏出我随身带的有蕾丝边的伞，啪的一下打开，然后紧走几步跟她保持一个频率，特别大方地把伞往她那儿挪了挪。高闺蜜就跟伞里掉虫子似的，嗖一下跳出去了，回头偷偷对我说：“我得晒着，我们这儿没人打伞，被人看见会觉得奇怪。”这是什么民族气节啊。之后，我肩膀扛着我那把有蕾丝边有丝线，还有点漏光的雨伞跟在她后面，俩女的一前一后。高闺蜜的肢体语言告诉我，她执意要这么走，除非我把伞收了，才能跟我并排。可是那一刻，我选择了伞。所以，我们说话像自言自语，得喊老大声才能交流，不然她不回头我就听不见。

高闺蜜说为了迎接我，她特意早晨比往常早起了俩小时做面膜、化妆，然后又把一条昂贵的没上过身的法国连衣裙穿上了。那连衣裙确实挺好看的，又飘逸又得体，一眼就能看出料子不错，最主要是胸口那大开气儿，高闺蜜每呼吸一次，里面繁花似锦都仿佛要呼之欲出。她说，她精心打扮成这样想给我个下马威，结果看我依然牛仔裤T恤衫，还跟上辈子穿的一样。我呢，特别庆幸我带伞了，真不好意思跟性感又风骚的高闺蜜那么大模大样地走在异域的街市上。

她也有停下来的时候，人很婀娜地站着。站在一个卖瓜的摊子前，俩手捧着块切开的白不啦叽的瓜吃得稀里呼噜，那瓜就跟烂透了似的，弓着腰连吃带吸溜还是流了一地的液体。高闺蜜一只手拿瓜堵住自己的嘴，一只手招呼我快来，那个瓜瘫在木板上，我在那儿感慨：“我都能闻见甜味儿了，怎么连只苍蝇都没有啊，你们城市真干净。”她抬起高跟鞋要踹我，我赶紧抓起一块瓜，黏得我，打心里往外那么恶心。再看她，瓜水都顺脖子流胸口了，那地方幸亏开气儿大，要不衣服就毁了，她打小坤包里抽出条真丝手帕，迎风一抖，然后往胸口里一掖，拿抹布擦桌子的手法。

高闺蜜像只小蜜蜂一样，再次停下来的时候，我们已经进了一家街边很有历史的手工冰激凌店。两大碗！量比早点摊上的云吞还足，看上去硬邦邦的，被按得特别瓷实。高闺蜜说吃这种冰激凌必须配冰水，一口冰激凌一口冰水那么吃。我说，怎么跟吃药似的，必须得往下送呢？后来知道了，实在是，太甜了！

这么爱吃甜食的高闺蜜，人家身材苗条得跟个妖精似的，我呢，三天长了六斤多。她笑着说，目的达到了。

我们各自分别没几天，有快递让我下楼，我正在开会。奔到楼下，一骑自行车的小伙子单腿儿点地冲我说："哎，姐姐，你东西在这儿！"他抱着一大束花，我犹疑地过去，他把花往我怀里一推："这儿，签字！"我抱着那么一大束花，看见了高闺蜜的地址。站在单位门口，我抱着花跟抱着炸弹一样，不知道该何去何从，这叫怎么回事呢。电话那边，高闺蜜笑着说："收到啦，生日快乐啊！"我压低声音说："咱又不是同性恋，你大上班日子送什么花啊，我怎么进办公室啊。"她笑啊笑啊，扬言要的就是这种我说不清道不明的尴尬劲儿。

转年。忽然有一天，手机里冒出一个订餐的二维码。高闺蜜打来电话说："就当我请你吃饭啦，给你在酒店订了十人的餐，菜都是我点好的，钱付完了，记着带人去吃。必须吃撑！生日快乐啊！"我看着那个二维码愣神儿，一会儿菜单就过来了，居然没有一道素菜，鸡鸭鱼肉都全了十道荤菜。太符合高闺蜜的手笔了。

闺蜜是经年累月形成的一个物种，人人都有这样的朋友，她们看似不着调，但哪怕你是半夜三更去找她，她也能立马爬起来，穿上盔甲，左手持剑，右手持钱袋，深情地对你说：朋友，你深夜来访必有重大的事情发生，如果你欠了债，这里有钱；如果你遭人侮辱，我立刻去为你报仇；如果你是清夜无聊，这儿有美丽的女奴供你消遣……闺蜜万岁！

阳台上的钢管舞

我下班从地铁一出来，一片并不大的空地上已经绕着圈儿站了好几百人，人群如同蚯蚓，让你根本找不到头也找不到尾。如今的广场舞早就放弃了“最炫民族风”，说实话，我都没听见什么音乐，守着大路口实在是人声嘈杂。但这一点并不影响消食人的兴致，男男女女排列井然有序，步伐轻盈，迈一步浑身颤悠两下，就那么哆嗦着往前走。上肢的动作也仅限于指挥交通的手势，夜色来临，浩浩荡荡仿佛一大波僵尸在路边转磨磨儿。

一位面熟的大姨穿着灯笼裤靠在便道的变电箱上对着人群指指点点，我等红灯过马路，所以跟她打了个招呼，大姨一把拉住我，让我评论僵尸舞的健身效果。能万众一心地活动筋骨是件好事，我要不是觉得太耽误时间，我也去人群里“过电”了，跟跳桑巴舞那么的把身上的脂肪颤悠开，并不是件容易的事。有些老太太真卖力气，宽大的衣服里跟有两个水袋似的晃荡来晃荡去，可她们一点儿都不嫌累赘，依然亦步亦趋。所以，在灯笼裤大姨问我感受的时候，我极尽赞美之词，认为什么样的广场舞都是民族的艺术，是人民群众热爱生活的表现。

如果我之前在这位大姨眼里还算有点儿素质，在听完我对广场舞评价之后，她对我很失望，直咂吧嘴。我就盼着绿灯赶紧亮。可是就在我要抬腿的一刹那，大姨抓住了我的胳膊，她说：“你想看钢管舞吗？”这句话简直就是晴空里的炸雷，我还没吃饭呢！

我在生活里的应变能力很差，就像这句话把我噎得绿灯都过去了，我还站在人行横道行的尽头。我在心里赞叹，生活真美好啊，一下班居然就有人问我这么让人心潮澎湃的问题。我闪烁其词说：“我得回家吃饭。”灯笼裤大姨收了跷在台子上的一条腿，推了我一下说：“晚上吃饭不好，你们年轻也得从现在开始养生了。你上我家，我给你来段儿钢管舞。”耳边又是一道大霹雷。我实在不好问她，看一会儿还要钱吗？

灯笼裤大姨几乎是把我推过了马路，她还挺着急。我问她为什么要学这个，因为在我的认知里，钢管舞不是啥好舞，精神层面不健康。大姨拍拍我肩膀：“运动就是为了健康，别想那么多咸的淡的。”我斗胆又问了一句：“您学这个，是为给您老伴平时在家看吗？”大姨差点被便道牙子绊个跟头，“他也会。”我越来越好奇了，老两口看看电视散散步不好吗，在家练攀杠子，总不会在钢管上看电视聊闲天儿吧？动物园的金丝猴都不爱这样。

一进门，我马上就对灯笼裤大姨萌生了敬佩之意，为了钢管舞艺术，家里乱的！客厅靠窗户处凭空立了根不锈钢的管子，顶天立地像孙悟空拿来的定海神针。沙发上扔着没来得及叠放收拾的各种布单子和衣服，桌子上还摆着上顿没吃完的剩菜。大姨拿我当新学员了，上来就让我上去试试。我对这器械的记忆还在小学体育课，那会儿这运动叫“爬杆儿”，我成绩很差，被人托着屁股也拱不上去。几十年过去了，我的技艺依然没什么进步，胳膊也没劲儿。大姨说，我换一下衣服。我去拉窗帘。再回头的时候，大姨穿了一身黑色人造革服装，大概是钢管舞的行头，皮靴、皮短裤、皮文胸。我特别想把他们家的管儿灯换成KTV里能转的射灯，这样才有气氛。

大姨年近六十，胖瘦适中，大概还比我瘦点儿。别看脸的话，那上杆的动作还真是摄人魂魄，我在手机里胡乱找了首外国歌，大姨就开始在钢管上又倒立又劈叉，还掉不下来。说实话，一点儿都不色情，还挺优美的。当大姨打钢管上一个跟头翻下来，我赶紧鼓掌，并一屁股坐在她扔在沙发的灯笼裤上。

我忽然觉得，时光在很多人的生命里是没有痕迹的，甚至越久他们对生活的激情越浓郁。老和少又会有什么距离呢？生活有时候比小说还动人。

匆匆那年的陪伴

都说最好的友情是陪伴。这个概念未免太文艺，其实很多陪伴是磨不开面子。

我住宿舍那会儿，有天正在水房洗袜子呢，忽然身后过来一位面熟的女孩，我以为她也要用水龙头，就往旁边闪了一下，她问我："你一会儿有事吗？"我能有吗事，就摇头，她拽了一下我的胳膊，悄声说："那你能陪我出去一趟吗？"我这么仗义的人，虽然都不知道她叫什么，但不就是出去一趟吗，走着！袜子在绳子上滴水的工夫我们已经下楼了。我推自行车，她在旁边等着，显然是要坐"二等"啊。我边骑边问去哪儿，她在后面轻声说："麻烦你陪我去做个流产。"我差点把车骑便道上。

做流产说得跟去图书馆似的，我一路都很紧张，把自己当120了，多余的话我也不好多问，她让怎么走我就怎么骑。到医院，我浑身吓得直哆嗦，比她更像要做流产的。再看人家，轻车熟路走在前面，我抓着各种单子揪着她，我腿都软了。以我这种心理素质，也只配在外边坐着。

她打手术室出来，面色苍白，我赶紧跑过去搀住她。这闺女动作豪放，比进去时候还大义凛然，“我饿了，你饿吗？我请你！”术后第一句，这要有酒还得干一杯似的。

到饭馆，我点了只鸡，让大师傅给炖了。做个手术，不能靠吃盘鱼香肉丝和小葱拌豆腐补身子啊。女孩一边大口喝鸡汤，一边说她的故事。我是什么都吃不进去，满脑子装着别人的爱恨情仇，到最后我才问明白她叫什么。

陪她回宿舍，我觉得我都快虚脱了，吓的。可是她，回去换了双旅游鞋，问我一起遛不遛滨江道。我打心里服了。才想起，她去医院的时候穿的还是高跟鞋。我继续洗我没洗完的衣服，她约了其他人去逛商场。

青春的伤痛，就这么被大大咧咧地抛在脑后。我最终也没和这个陪伴的人有什么友情上的升华，甚至之后没怎么说过话，再以后就没了联系。

除了陪别人做流产，我还陪别人离过婚。本着两个人的痛苦成全四个人的幸福，离婚都挺爽快的。可是，感情怎么能说断就断了呢，那么多的委屈跟谁说呢？我就在一个风和日丽的上午，陪着朋友的朋友去办她的离婚手续。我是去捧人场的，作为娘家人这方不能显得孤苦伶仃。我本来就是碍于面子凑数去的，但晚上就接到了当事人的短信，俩字“想死”。你说我跟你又不熟，告诉我干吗，给我吓的，一分钟有多长，取决于你在厕所外面还是厕所里面，一天有多长，取决于你站着还是躺着，饱着还是饿着。

大半夜就赶紧去找了朋友一起奔她家。这刚离婚的闺女打我们进屋，就跟我们分享她想出的很多种死法，为了临终前不拖泥带水，打鸡叫头遍的时候她就在脑子里浅尝而止，觉得死比活着难多了。幸亏我包里装了很多零食，顺便去楼下买了几套煎饼果子，以表示我们绝不是想同归于尽慷慨赴死。这闺女长得好看，属于强买强卖那种，从长相上你挑不出她错来。真想死，扎脸盆里都能死，问题是还没生过孩子，还没来得及薪火相传呢。她倒是听劝，吃完煎饼果子更不想死了。

这些陪伴就出现在匆匆那年，关于青春的荒唐事现在的记忆依然清晰，只是当事人的音容笑貌忘得差不多了。谁说最好的友情是陪伴？那都是赶巧了！

给自己治病就像撞大运

人到中年，忽然会对自己的健康状况无端担忧起来。我总怀疑自己有病，恰好办公室里有外科大夫出身的一位同事，我时常会跟她咨询一下，比如头疼，我就会想别脑子里长东西了吧，她点头，说你脑子里长的水都过水位线了；比如坐的时间长了，我会问这样会不会得静脉曲张，她点头，说你去装饰城定做一副拐吧。虽然她这么对待患者，我们依然不耻下问，就为了听她怎么给大家开方子。

部门里一个同事的孩子刚出生一个月就高烧住院，各种检查让孩子的脚上手上头上布满了针眼儿，而且传来消息还给孩子抽了脊髓。我们这些人急得迅速围拢在业余大夫身边，问她为什么这么给孩子检查，她不慌不忙依然在用鼠标玩着“连连看”，慢悠悠地说：

“我觉得孩子退烧就没事了，可是医院不让办出院，说不查清楚会有危险。咱也不能劝人家别治了。”我们在她旁边鸡一嘴鸭一嘴地开始盘点自己的经历。

陈完美说她小时候也发过高烧，到医院用了药都不退，大夫说必须抽脊髓化验，要不总高烧下去得给烧傻了。完美妈妈就问抽脊髓有什么危险，因为当年医疗设施很简朴，大夫认为保不齐就能瘫了。那一夜非常难熬，这位母亲在傻与瘫之间难以取舍，据说她在医院的院子里一直踱步，嘴里念叨了一夜“有儿不死，有财不散”，等大夫们一上班就办出院，带着陈完美回家了。陈完美一直特别感激她妈妈这种宿命似的听天由命，人家孩子争气，既没傻也没瘫还出落得特别完美。

还有一位孟同事，某一天忽然发现胳膊的皮下有了小结节，她一边揉一边想，这别是癌吧。然后仔细把全身那么一摸就更害怕了，腿上身上也有藏着的小疙瘩。赶紧奔医院，做了种检查，没得癌的迹象，但依然让住院，说得输液，因为血太糨，都给血管堵上了，这万一堵的地方是心脏或者大脑，人就要完。大夫一讲，孟同事明白了，就是得拿大水溜儿把堵上的地方给冲开。可是，只要没得癌，她觉得就没必要住院。回家狂喝水，然后立马结婚，用喜事给冲冲晦气。你猜怎么着，身上疙瘩全没了。我后来都怀疑她那身包是不是臭虫给咬的。

同样是发生在孟同事身上的事，她的车晚上坏在立交桥上，人家艺高人胆大，也不立个警示牌儿提醒过往车辆，靠肉身在车边上溜达。正赶上个开车走神儿的，看见她已经来不及踩刹车了，孟同事说她在空中逛荡了一下掉到自己车的前机盖子上，怎么也是个成人，这一百多斤砸下来车立刻就瘪了，给她心疼的，都没想自己是死是活，满脑子是怎么报保险，人家管修车吗？

孟同事命大，打车盖上爬起来活动活动身子腿儿居然没觉得有事。可是半个月后，她吃劲儿的那半边腿开始肿胀，并且从里往外有烧灼感。她赶紧奔医院，大夫要求必须住院，说不马上治也许腿就保不住了。孟同事在医院楼道里问夫君："你说有那么严重吗？"她男人也未置可否，孟同事一拍大腿，回家！咱买瓶红花油先搓搓，不见好再住院。结果，据说当天就管事了，搓了两星期红花油，好了！

单位还有个话痨同事，忽然有一天嗓子肿了，说不出话，据说都"套脓"了，到医院，大夫说，你这病都能下病危通知书了。话痨虽然说不出话，但是心里想，有这么严重吗？一就已经病危了干脆回家死马当活马治，路上到药店买了胖大海和金银花，喝了一星期，又变话痨了。

听他们这么说的时候，我都想立遗嘱了。万一哪天我到了得切气管或者心脏起搏的地步千万别抢救，一定得先给我亲爱的同事们打个电话，没准就好了。

水果沙拉里为什么放松花

我小学时候最怵头做那种追击题，一看条件脑袋就开始发蒙，多少道题都被我空在人生边上，数学能凑合及格真不容易。大概是因为对时间和追赶的概念太缺失，以至于成年之后想掐点儿干什么非常难，我现在开始后悔了。

因为是提前买了往返的机票，所以看着航空公司发来的短信，我认为已经把起飞时间记住了。当然，尽管还是有偏差，可时间还是入脑了，不过是把晚上十点零五记成了十点五十五。热情好客的姐们儿忽然拎了二十只活螃蟹来，让我一定带走。于是，一大家子人还有围观的邻居开始指手画脚地设计这些活物该怎么上飞机。有人拿了一塑料袋冰块和泡沫箱子，把螃蟹装进去之后，好心的姐们儿怕螃蟹憋死，就给泡沫箱子来了一拳，生生砸出个坑，跟练家子似的收拳之后还吹吹手，活动活动腕子。她家没有胶带，用最质朴的红绳子一圈一圈开始缠箱子，到最后一圈的时候，那一地的水啊，谁打这儿过都能滑一个跟头。冰全化了。满心想的是这么肥的螃蟹必须带走。很快，姐们儿家的厨房已经变澡堂子了，到处都是水。

为了保证同飞机其他行李的安全，我妈发话了，必须换泡沫盒，必须用矿泉水瓶子装冰，必须用胶带。三个必须出台之后，人少了一半，到处踅摸这些东西去了，好不容易凑齐了，又开始给螃蟹换豪宅。我则撅着屁股在地上砸冰，然后抓起一把往瓶口里塞。

当我们蹚着水直起腰，姐们儿的父亲拿着汽车钥匙非常焦灼地看着我们，不得不一次一次催促“赶紧出发吧”。坐在车里前排很沉默，车开得飞快，我不得不燕语莺声地提醒：“不着急。”那姐们儿大概实在憋不住了，问我几点了，我说：“才八点半。”她一手拽着侧面的扶手，扭半拉脖子到后面问：“你十点零五的飞机，现在都八点半了，有你这么掐点的吗？到机场怎么也得开一个半小时。咱就到那看看吧，飞机要不等你，再把你们拉回家。”我赶紧看了一眼航空公司发的短信，确实不是十点五十五起飞。

我妈数学比我好多了，立刻就尖叫着说：“哎呀，也就是说现在到机场都开始办登机手续了，咱到机场正好能赶上这趟班机上天！”我在心里默默地给她的数学题打了个对勾。自言自语：“那现在能怎么办呢？”姐们儿说：“你问问你坐的那个航班能不能晚点吧？”说得跟要劫机似的。

可你说怎么就那么寸，就在大家焦灼不安的时候，短信还真来了，说由于航空管制您坐的那趟航班已经没起飞的点儿了。面对这样一个柳暗花明的信息，大家心里更没谱了。我想的是，不按时起飞我那些螃蟹怎么办，新盒子没给来一拳，不透气啊！我在黑暗里说：“要不起飞，咱卷袖子打架去吧，问问他们凭什么说不飞就不飞了！”一车人没一个理我。

终于到了机场，办完托运，问地勤人什么时候能起飞，姑娘说：“等短信吧！我们也不知道。”这也是个不会做追击题的姑娘。排队过安检的时候，我妈忽然发现手还拎着中午吃剩的一盒水果沙拉，非让我当众吃了，我一看那稀汤寡水的沙拉酱就犯恶心，但我妈态度坚决自己开始吃起来了。很快，她就住手了，我很纳闷，她把盒子举到我面前问：“为什么水果沙拉里还放松花？”我一看，是碎的龟苓膏。赶紧说：“大概大师傅觉得都是凉菜，拿松花提味儿。”我妈立刻穿过人群把手里的东西扔了。

飞机为了安慰我这个没时间观念的人，居然晚点三个小时，所有店铺都关门了，我又怕睡死过去让飞机走了，为了醒盹，我把在那儿买的羽毛球拍抽出来，在空旷的登机口前开始打球。路过的人觉得奇怪，“这也不是体育场，你们在登机口打球太潇洒，您介意我们拍张照片吗，发微博用。”我兴高采烈地说，不介意，随后把每个发球动作都尽量做得标准优雅，照顾到身边好多镜头。

我成功地完成了一次追击题！

必须摆盆智慧树

一大早，几个热爱生活的中年妇女相约去宜家吃早点，最主要是祝贺白花花又成房奴，我们主动要求陪她给毛坯房置办东西，其次是因为那儿咖啡便宜还能免费续杯。为了做个信守诺言的人，我洗了把脸就出门了，连水都没喝，跟要体检似的。

坐进白花花血红色的小车里，木精神就开始给大家发香蕉，说是从菲律宾刚空运过来的。一听国外的，几个人赶紧伸手接过来，从皮儿到肉，一点儿吃不出外国味儿，跟集市上十块钱三斤的香蕉一样一样的！我们默默地吃着，只有木精神一遍一遍重复"这是打菲律宾空运的"，特别洋气。好像空运的是她而不是香蕉。

倒是早饭省了，在停车场的时候一个一个开始抱怨自己的小胃口，说太撑了，什么也吃不进去了。谁信啊！又没一个瘦子！可是她们真的不吃了，大概为了证明给身边姐妹们看。可是我，自认为靠一根香蕉撑不住一上午，所以我去吃早饭了，端了一大盘子。

免费咖啡，一杯接一杯地干，最后喝到心跳都加速了，再来几轮估计得吃速效救心丸。就在这时候，木精神说："能再给我来杯热水吗？白水！"

水饱儿之后的购物环节是愉快的，因为白花花只点评什么都不买，说得最频繁的一句话是："在这儿给我照一张！你能把我照好看点吗？"于是，我手机里全是白花花在沙发里、白花花在床上、白花花在橱柜边等等千娇百媚的照片，拿家居店当照相馆了。再看我们，互相招呼着："这个合适！便宜！"然后纷纷把东西扔进购物车。木精神光玻璃瓶子就买了六个，打算回家酿酒去，说得跟真事儿似的，对于一个准备一星期才能鼓捣出仨凉菜的中年妇女，"酿酒"这两个字简直就是搞科研。

白花花这一上午除了跟犄角旮旯里的各种商品合影以外，唯一大件儿，是花了不到十块钱买了个放在鱼缸里的小灯泡。我们倒是个个都有新业主的状态，端着锅抱着碗，木精神还扛了块能钉墙上的大木板。

因为回来的时间尚早，木精神要中途下车去小诊所拔灰指甲，我要回单位，而白花花为了答谢大家决定用她血红色的小车把我送到单位后，再折回去接木精神，表现得特别仁义。可是在白花花消失半小时后，木精神给我打电话，问我为什么白花花不接电话，人也没看见，让她拿后脚跟站着都快仰八脚儿折过去了。我刚放下木精神木姨的火爆电话，白花花的电话就顶进来了，说联系不上木精神，我赶紧告诉她：“木精神就站在王姐她们家路口呢！”因为王姐是我们都熟悉的一个同事。她“哦”了一声挂了电话。

挂了电话之后，事情的发生是这样的：白花花满脑子装着两个字“王姐”！可王姐到底指的是什么呢？她居然并不知道。可是不知道你倒是问啊，人家不问，自己边开边揣摩。忽然她眼前一亮，“姐妹服装店”！她直奔这个招牌而去，进门就问：“您这儿有王姐吗？”人家店里俩女的嗑瓜子嗑得好好的，忽然进来个问脑筋急转弯的，都愣了。一个女的说：“我们这儿没王姐。”白花花追问：“那其他地方有王姐吗？”那女的说：“这条街都没叫王姐的。你找人啊？”白花花说：“找我们同事。”那女的表示理解，语气舒缓了一下自言自语：“哦，姓王啊。”白花花说：“我们同事姓木。”瓜子皮全撒柜台上了。为什么管姓木的同事叫王姐，这是个谜！

锲而不舍是白花花的职业精神，她忽然想起来木精神为什么下车了，又问：“这附近有治灰指甲的吗？”店主彻底被这些问题击败了。用手指了指门外，白花花就这样给哄出来了。

寻寻觅觅终于找到了拔灰指甲的地儿，靠大夫指点，白花花才来到路口两人得以相见。后来我在白花花鱼缸旁边摆盆花，她问我啥意思，我说你们道德感高智商低的人必须摆棵智慧树，长点儿心吧！

肚子外翻的后果

吃哪儿补哪儿就是个谬论，因为我和我身边人的经验是吃什么都补肚子和嘴巴子。同样是人，端坐在办公桌旁，肚子上的富余肉在裤腰外面翻翻着，衣服都得穿得波澜壮阔，否则稍微一紧身，乘坐公共交通的时候就会被有礼貌的好人让座。嘴巴子上的肉虽然不会突然横长出来，但蹭手机屏幕上的油也不怎么好擦。胖，已经成为洪水猛兽，网上各种跳操集锦和减肥秘籍成为人生指南被广泛传播。

虽说人到中年应该淡定从容。但最可怕的是，有的人都瘦成棍儿了，还嫌自己胖，这简直把肚子外翻一族逼上了绝路。

前几天中午，我在电梯里正仰脸看跳动的楼层数字，旁边人忽然问我："你是颈椎不好吗？"我说："我脖子上肉太多，一低头硌得慌。"她在旁边故作惊诧："哎呀，你不胖啊。我吧，撑得要命。"人家跟咱说话，咱不能太冷漠，况且万一是个领导呢？我就赶紧顺着话问："你中午饭吃多了？"她叹息着摇了摇头："我刚才吃了块糖。"这还是人胃口吗？我要是会武当即能徒手劈开块砖。

可是我呢，在跑步机上迈开腿没走一会儿就饿得不行，满脑子想的都是煎饼果子。所以，我的运动就像餐前的开胃红果，只要流点儿汗，我就能特别没精神负担地去吃饭了。这样锻炼的日子坚持了一段时间，忽然某日，我儿子对我说："妈妈，你别减肥了，你已经瘦得跟头牛似的了。"

同样在减肥的还有陈大树，人家是动了真格的。我们消耗脂肪也就是靠多运动，她的科技含量比较高，人家给自己肚子上打针。知道的是减肥，不知道的以为吸毒呢。她特别自豪地把一个盒子递到我眼前，上面写着"利拉鲁肽注射液"，里面一堆一次性针头和一个钢笔样的注射器。我问："这是治肥胖的吗？"她说："这是治糖尿病的。"我大惊："你还有这病？"陈大树挺了挺胸："我减肥用。外国人减肥都打这个，抑制食欲。"瞧人家减肥的决心，我当即就买了三份麻辣烫，推到她眼前一份，瞬间就剩点儿麻酱汤了。后来我一问，她说自己已经半个月没吃饭了。我当时眼泪都快下来了，要不是离卖酱牛肉的有点远，怎么也得先来一百块钱的，她太缺嘴儿了！这年头儿，我们身边还有吃不上饭的同志呢。

你别看很多人干工作没什么计划性，但一提减肥，个个都有计划有行动，你看减肥食谱，有靠成天嚼黄瓜的，也有摽住苹果狠吃的。还有的人，早餐一个苹果，午餐一条黄瓜，晚餐一根胡萝卜，意志坚定的人面如菜色，意志薄弱的人很快就改了计划，早餐后一个苹果，午餐后一条黄瓜，晚餐后一根胡萝卜，减肥目标进行修订：保持现有身材，别再胖就行。

在我做的民意调查中，还有一批人专门在饭点儿刷牙，他们说不为别的，就为了能让自己少吃点东西，一旦要吃东西，就告诫自己“牙都刷了，还是别吃了吧”。但最后的结局往往是，牙也刷了，饭也吃了，口腔卫生保持得不错，就是太费牙膏了。

你活得时间太长了

一个朋友傍晚落寞而来，问她怎么了，说给同学做思想工作去了，那同学在小圈子里开了个新闻发布会，通稿内容只有一个，实在过不下去了，商量好了明天去离婚。语惊四座，本着劝和不劝散的主旨，大家口若悬河力挽狂澜。为吗离呢？男的说自己老婆外边朋友太多，而且去哪儿都不带打招呼的，老婆对自己的行为一点歉疚都没有，坚持不道歉，所以这日子没法过了。家里怎么能容个招猫逗狗的女主呢，谁也不想战战兢兢地过温饱生活，所以俩人一拍即合，“离！坚决离！”

这边全体同学还盼着峰回路转能有转机，那边已经把盖了“作废”戳子的结婚证发朋友圈了。没拖延症的人真绝情啊。男一号和女一号立马各自走上新的人生旅途了。我的朋友感慨：“现在的人怎么说离就离呢？”其实，想要婚姻长久还真得有点儿睁一眼闭一眼的勇气。你要是成天睁着雪亮的双眼还真不行，过日子不是抓贼。

可是感情这东西保质期太短，最主要是因为人的寿命太长，爱恨都到不了头，本来是一锅浓汤，架不住岁月总往里兑水，时间越长感情越有被稀释的可能。毕竟百年老店太少，咕嘟起来没完的老汤里没准还有亚硝酸盐呢。每个一蔬一饭的生活里都有一本说不清的烂账，装着挥一挥衣袖不带走一片云彩太作践自己，拿“多难兴邦”的受虐态度来对伤害自己的人和事感恩戴德，那是鸡汤理论，不适合活生生的人。

傍晚落寞而来的朋友是个血气方刚的女人。她坚持睁一眼闭一眼的婚姻态度很多年了。俩人都是二婚，也都带着各自的孩子。那男的工作清闲每天下午四点就回家了，人特别规矩，不抽烟不喝酒不做饭，在沙发里一坐就开始看电视，人家能一直看到饭都摆眼前。跟个老地主似的，盘着腿。电视里演的调解各种家庭矛盾的节目、老年人搞对象的节目、到处找孩子的节目，加上电视导购轮番看。心里装的都是活生生的人生悲喜。

等血气方刚的女人到家，这男人满脑子的人生悲喜就开始翻江倒海，电视里的事仿佛都发生在自己家里，生活内容一下子就奢华起来。你到底对我的孩子好还是对你自己的孩子好，这事得掰扯掰扯，你为什么这周去我妈家带的东西比去你妈家带的少，打算买的新房到底写谁的名字等等，一般这是饭前便后谈论的问题。要搁我，面对这种撒娇模式早就急眼了。可血气方刚的女人这么多年早就被磨得珠圆玉润，人家就当没听见，依然快马轻裘纵酒放歌。

我问血气方刚的女人在婚姻里是怎么磨炼自己意志的，她说，每个人其实都有自己的目的，都有所图，我就想要个家，所以过日子就当献爱心。你买爱心大白菜的时候不是也不会计较菜怎么样吗。用做公益的心去生活就没架可打。

生活里血气方刚的人太少，我的一些朋友离婚了就再也不想去追求幸福了，一个人说，婚姻太麻烦，我不想花自己的钱给父母买套房还得跟对方商量，也不想朋友一家来小住还得看对方心情，自己随时想出国拔腿就能走，习惯了一个人就容不下婚姻了。

我们总是为爱纠结，问题的关键在，你活得时间太长了，感情不在的时候，你还在。

勿忘初心

“勿忘初心”这四个字明镜高悬，好多人年过半百开始寻找初恋。我身边已经上演好几出“你现在还好吗”的剧情了，毕竟都是老实孩子出身，所以感情上就那么几个人站在制高点上，想找回初恋，几个电话的事，根本不用融入人海茫茫。对于这些胖得跟浮肿差不多的人，怎么有勇气找回旧时光呢？刘胖子说因为不幸福，就像知道自己病了，可以选择去医院看病也可以选择扛着等死，他属于积极向上的。

跟所有不幸福的婚姻一样，抱怨归抱怨，烦恼归烦恼，但一点不耽误他们要孩子。明知道自己不幸福了，要一个孩子还不就此打住，人家在得知国家二胎政策放宽以后，又要了老二。刘胖子真是个不嫌麻烦的人，人生打了那么多死扣儿，他还为自己的初恋操心，成天以为天下婚姻都一样，表面看挺好，往里探究都该离婚。他找我，就是想让我去刺探一下他的初恋过得如何，如果有事可以随时叫他帮忙。

我早就过了惹是生非的年纪，我不能把别人的不幸福说得跟个喜讯似的，有那么多随时能跟你滴血认亲的少年儿童在，这日子将错就错也许是最好的选择。可是，刘胖子认为自己半辈子都将就了，不想成为糟老头的时候再去找初恋表白，那时候什么机会都没有了。

作为朋友，我只能给他讲道理，还不能生拦着，那是他老婆该做的事。我从人情冷暖讲到疏肝理气。可惜世界太小，缘分太多，一个人想找另一个人太容易了。大约一个月以后，我沉不住气了，刘胖子忽然不急急渴渴，我还挺纳闷，一问才知道，俩人早联系上了，刘胖子愣在国家电网买电的时候遇见了他想联系的人。刘胖子在电话里特别轻地说："她说，我可以净身出户，她养我。"这句话带着泪音儿，别说刘胖子被感动，我心都颤了。这感情，简直跟亲妈似的。

当刘胖子办公室那幅"宁静致远"被"勿忘初心"取代之后，他开始跑步，人很快瘦下来。爱情是一剂神药，再多的道理都拦不住。我后来又跟刘胖子长谈了一次，主题是"你真要离婚吗？"。他笑着晃动手里的杯子，特别贱地说："你猜！"要不是因为认识他几十年了，真想往他脸上泼杯热水。后来他说了他和她的梦想，他不想伤害孩子们，所以离婚会等到各自的孩子结婚以后，这个等待很长，所以更考验感情和耐性。

听完他这句，我踏实地把饭菜都细致地吃了一遍，因为他家老二现在才两岁多，离出嫁尚远。吃饱了一抬头，对面的男人遥望着窗外，一杯早已凉透的咖啡还放在唇边小口地品着，他的心思已经到了二十几年以后。那一脸遥远的幸福哦，大概尽头是人生等待已久的婚嫁。

替别人保守秘密是痛苦的，一接到刘胖子老婆约吃饭的电话，我就肝儿颤，怕吃顿贵饭就全交代了。总推脱不合适，别她再以为我和刘胖子有什么事，这可就引火烧身了，所以我大义凛然就去她家赴约了。楼道里就飘散着香喷喷的炖肉味儿，我敲开门，一边换鞋一边赞美："你炖的肉真香。"刘胖子媳妇特别热情地大声说："你以为我炖人肉呢吧？"我心里咯噔一下，那天一盆肉我愣一块也没吃进去。

刘胖子的婚姻依然充满烟火气，我依然是他家的座上客，我依然跟他的初恋有一丝半缕的联系，我再没有八卦地打探他们二十多年后的生活设想。婚姻里，藏在每个人心里的秘密太多了，生活无常，什么能让你真的做到"勿忘初心"呢？

你们当初邂逅的时候，是谁追的谁？
王原

201502

尤物的穿衣打扮

我觉得现代人的火力都挺壮的，尤其女人，出来进去跟葫芦娃似的，甭管多冷的天，身上有块布条就能取暖。有一天跟两个朋友在一个餐厅吃饭，里面的气氛热火朝天，我坐下刚感觉有点热，一个朋友已经在一边说："太热了，我得脱一件了。"边说边褪袖子，立刻半袖了，两条白花花的胳膊横在餐桌上，撒上辣椒面就能当道菜了。我刚想问有这么热吗，她在那儿感慨上了："过几天去沈阳，那边零下二十多度，哎，得穿条秋裤了。"我大惊，作为一个打秋天就开始穿秋裤捂毛裤的女中年真看不得有人冬天只穿一条裤子在大街上晃，最可气的是，人家那腿瘦得跟杆似的还穿紧腿裤呢，里面多一层都抱怨腿会粗。而我，就是光大腿再削下去四斤肉，也还是像牛腿那么粗壮。同样是坐办公室，我就跟成天在外边锻炼狂蹬自行车似的，除了脂肪就是肌肉，到处鼓鼓囊囊。人家穿衣服还像丹顶鹤呢，居然能那么扛冻，零下二十度才开始考虑是不是该穿秋裤。

吃完饭，挑帘子出来，我前面一个高跟鞋姑娘，上边倒是有短款羽绒服捂着，再看下边，一条短裤，短得也就刚刚能挡上裤衩，光着的大腿上有条肉色丝袜，就算靴子高点儿，那靠意念加持也不是皮裤啊。一骨节大腿跟一段变质的火腿肠似的，在萧瑟的冬天格外晃眼。姑娘，你不冷吗？袜子什么牌的啊？女 007 赛的。

总有同事问我，为什么你不去健身房减肥了？我没脸去啊！进去一看，那些上了跑步机没一小时不下来的同事一个比一个瘦，不仅跑步如风，腿捯利索点儿的，自己都能把自己给吹下来。就这样还占着机器跑呢。再瞧更衣室，瘦子穿得都比我少，城市的四季跟温度全一样似的，人家换衣服，一拉拉锁，哗，扔储物箱里，瞬间换好了。再看我，罩裤、毛裤、秋裤、袜子，一件一件跟蜕皮似的，一个箱子都不见得够，等再换上运动服，捯饬完了，人家都跑完四公里了。

我对衣服的需求依然处在原始功能，遮体舒服。可身边姑娘们的打扮确实跟我越来越悬殊，我还停留在农村大娘水平，她们都已经国际范儿了。姑娘们敢穿，胸大腰粗的也走王菲路线，弄得浑身上下跟个桶赛的，怎么就不能看看《破产姐妹》里的 Max 怎么穿呢，腰带！重点是腰带！好歹中间勒一下啊，大姐。

据说日本那边姑娘的文胸大部分都使上了 D 罩杯，商家为了解决姑娘们的苦恼，胸罩都有束胸作用，“让大胸迅速变飞机场”，从

D 罩杯立时跳水到 A 罩杯，胸变小之后，整个人都显瘦了，走路也不晃悠了。给武媚娘用上，直接变花木兰，再拍成电视剧老百姓都得送锦旗。我们这边不知道是不是追寻着时尚的脚步，反正在我的记忆里，商场里内衣专柜挂得跟瓢似的文胸里面塞的都是海绵，我一走进去就有疑问，这是卖防弹背心的吗？

始终觉得那么贵的海绵没市场，可是有一回，跟一个闺蜜躺床上闲聊，大概这种姿势特别容易敞开心扉分享秘密，她说："你摸摸我这胸罩，跟韩国整形手术似的。"我还没听明白她的话，她已经把热乎乎带着自己体温的两团很有弹性的海绵塞进了我的手里，那叫一个厚！都快赶上我们家靠背垫了。

姑娘这种尤物的打扮已经越来越让人看不懂了。

先有鸡还是先有汤

心灵鸡汤始终保持着高转发率，这些似是而非的东西之所以那么打动人，其实就跟算命的差不多，仔细观瞧的人必定最近心绪有些烦乱，类似倒霉奔卦摊儿，照着这个路子一分析，不是事业不顺就是感情不顺或者身体有恙，一开劝一个准儿。谁还没个烦心事，鸡汤灌进去立刻心胸开阔。

比如你倒霉吧，还有比你更倒霉的。鸡汤故事里看过这样一个，说有一男孩，天资聪颖长得又好，可他一出生父母就全死了，被村里人东一口西一口地喂大。孩子打会走路就做好人好事，捡石头铺路，结果山上掉下来块巨石整砸他脑袋上，命救回来了，眼睛却瞎了。即便这样，他还坚持做好人好事，在一个狂风暴雨天摸着去修铁索桥，那还能有好，打底下一个浪拍过来，孩子掉水里，再捞上来就得刻墓志铭了。村里人愤愤不平啊，指着天问，孩子天天做好事，却从小让他受那么多罪，为什么还死了呢！村里一位心灵鸡汤大师答：“因为他做好事太多了，所以让他把该吃的苦提前吃完，早死早托生。”

刚看这故事没两天，又见一心灵鸡汤的故事，说村子里一恶霸，暴敛钱财趾高气扬，被他欺负的百姓心里恨啊，却敢怒不敢言，恶霸日子越过越好，要儿子得儿子，要官有官，求财得财。终于有一天，他被一个地位比他高过得没他好的人恨上了，状告朝廷将其抓走。故事结尾，心灵鸡汤大师分析说：“先让他那么顺，就是为了让他越来越贪婪，最后加快毁灭自己的速度。”

中国人的智慧就是能把话说圆，你乍一听全是人间智慧，正着看倒着看全是道理。故事的结局都一样，说法却大有不同。我们是多么需要正能量啊，在灰心丧气的时候，心灵鸡汤们不会告诉你，是不是努力的方向不对检讨一下自己的方式方法，却告诉你，你要用恒心去等待，成功就在那最后三厘米，成功就是你吃三个包子之后再吃一个就能饱。随后就有很多执着的人守着一口枯井傻等。

刘三顺是心灵鸡汤的迷信者，那是她的信仰。成天转发的全那些东西，跟个励志大师似的，不见面还行，一见面特别遭恨。你要是特别高兴，觉得最近什么都顺，她就能给你来一句：“福兮祸所伏，这个时候千万小心，没准坏事就埋伏好了等着绊你一下。”这不添堵吗，不会聊天，吉利话会说吗？不会就闭嘴啊！你要是最近特别背呢，她也有话，人间大道是沧桑啊，苦尽才能甘来啊，你倒霉是因为凡事有因果。坏人坏事是来帮助你修炼你内心的，提升你人生质量的，你得感谢他们。

不知道有部门管迷信心灵鸡汤的吗？

鸡起码能给人营养，坐月子的人还能催奶呢。可心灵鸡汤，成了安抚人心的毒药。拜托大师们先把自己的日子过好行不？你有心吗，别动不动就拿心灵说事，还是专心啃鸡腿吧。

有一种情叫空手套白狼

最近看了篇文章说不能上升到金钱的爱都不是真爱，多少善男信女跨越了地域、长相、学历、性格、性别、星座等等障碍要喜结连理，就为了房产证上的名字，撕破脸，多少年的感情说完就完。房子票子，变成了检验真爱的唯一标准。

而很多姑娘特别好哄，跟少先队员似的，深明大义，仿佛一生的目的就是为了帮别人攒钱。其实男人爱不爱你只有两个标志，一个是愿意为你花时间，一个是舍得给你花钱，两个条件缺一不可。少哪个来谈爱情都是瞎扯淡，更何况，你愿意付出我未必愿意接受，姑娘不应该是大水池子，往里面倒什么都接着。

可高池子偏偏就是个死心眼的姑娘，在爱情的山头儿上光跟人渣手挽手了。我是一路看着她在感情的大峡谷里跌打损伤。高池子是真爱，因为她真的不在乎自己的钱，虽然就是茫茫人海中普通一员，但男友说要创业需要钱，她就能把自己所有存款都压上。我曾经很正式地分析过她的男友，除了是南方人其他一概没问出来，男的身世连高池子都不清楚，我说："你给他八十万，他给你打借条吗？万一不还你钱怎么办？"高池子说："我那房子装修都是他在盯着，女人总还是女人，家里还是需要个顶梁柱的。"这问题几乎是答非所问。最后的结局就算我不说，大家也能猜出来。男的说创业失败，带着满脸的悲伤表情云游四方，再没跟高池子联系过。花八十万，把自己家的承重梁都快拆了。

吃一堑总该长一智吧！可是有的人，吃哪儿补哪儿，吃完一堑长出来的全是堑。高池子很快又登上了爱情小山坡，有个男的手搭凉棚那么一看，这闺女傻！可高池子很幸福，人家男的很贴心，每天给做早点，虽然就是夹馅面包，但不耽误高池子晒朋友圈儿。男的还真下功夫，跟美食达人学的方法，把黄瓜、胡萝卜、洋白菜、火腿肠切得跟饺子馅似的，放钢种盆里挤进去沙拉酱一搅和，特别像去喂猪，然后拿两片面包一夹，关键是最后！用一个心形的模子一按，面包上下一挤，心形饺子馅面包成了！因为有爱情，高池子吃了至少三个月这东西，最后整个人的气色都是饺子馅样的。

男的工作很一般，所以收入不算多，干什么都AA制，当然了我觉得这也挺好，起码比拿高池子当刷卡机强。但男的太会过了，就算去个大排档，人家也得掏出手机先比价再团购，买个八块钱的烤鱿鱼自己只掏四块钱，俩老大不小的人在马路上边走边你一口我一口地撕扯一条不大的鱿鱼，也真好意思！高池子说喜欢花，男的早中晚三个时段给她发图，把百度图片都快给发绝了。真应了那句爱情就是水中望月镜中看花，成天靠望梅止渴度日。

吃了半年馅面包看了上千张姹紫嫣红，爱情过去了。恭喜高池子！

后来高池子想明白了，“翻过山丘，却发现无人等候”，人生不能全耽误在翻山越岭上，最主要一山更比一山高，脚不沾平地多难受。空手套白狼的爱情跟沙画似的，轻吹即灭，善男信女都记住吧，不能上升到金钱的爱都不是真爱，在感情面前，时间金钱的付出必不可少且缺一不可。

被剩下的原因

最近总有人打我妈电话说找我，接了几次我就躲了，全是让我帮着找对象的。我手里没有任何成功案例，但老太太们认为我接触人多，总能遇见点儿没配偶的。孩子到了该成家的年纪找不到人不结婚，比毕业找不到工作还让家长揪心，虽然我一点都不能理解这种焦虑，但让我帮着找对象的人一多，我都开始烦躁了，怎么那么多女的富余着呢。

在我这儿预约的女子们大多三十出头，看精神面貌绝对还停留在二十上下，可婚姻市场是残酷的，不看面相，只看身份证。急得一个阿姨说："我就指你了啊！"我赶紧拦："别介啊，万一是火坑怎么办？"阿姨说："是不是火坑起码有个地儿跳啊，也别光在一马平川上逛游。”真开明！这是给亲闺女找下家吗？

原本我就没拿这事当事，又不是玩牌凑对儿，打听好工作学历家庭背景，然后就给人家往一块拉拢。可我妈是真上心了，自己手里没牌，就开始翻我的通讯录，所有男的挨个筛查，终于打人堆儿里择出一个，让我给人家打电话问有对象了吗。说实话，跟那哥们儿断断续续一两年才打一个问候电话探听一下死活，忽然那么热情，连我自己在感情上都接受不了。可是自从知道我有个也许没结婚的男性朋友以后，我妈就像吹响了战斗的号角，我们家电话此起彼伏，都深明大义地说：“他们家闺女要是不行，就见我们家的啊！”疑难杂症的专家号都没那么抢手。最诡异的是，我还没跟专家联系上呢，患者都排起队了。

我给那朋友打了个电话，不负众望，他刚跟女朋友分手，我使劲儿压抑着我的高兴劲儿，表现出特别不合时宜的关心，告诉他，我这儿有四个女的，都不错。他惊讶地沉默半天，忽然问：“四个女的里面，不算你吧？”我助人为乐的同时还得自取其辱，保媒拉纤的职业人也很辛苦呢！

这哥们儿一人在城市打拼，有个小公司，管着十来个人，三十多岁，唯一不足的是身高，满打满算一米七吧。很多营养好的女的，长着长着就超他了，所以他的爱情道路也不顺，时光匆匆，变成了“专家号”。

我这边排在第一个的是位老师，我的资讯到此为止了，辗转着还有个 QQ 号，当我把号码交给“专家号”的时候，语重心长地对他说：“你们俩 QQ 联系吧，我可没兴趣陪你们在麦当劳里坐着。”他同意了，好歹省了份套餐。

因为后面排着的人多，所以，我格外关心进度。三天以后我给专家号打了电话，他说见完面了，语气特别平静，真以为让他会诊呢。我问："怎么样啊？"对方说："我没问题，你问问她的意思。"我也不认识那老师，只好让我妈去问问当事人，得来的讯息是"太矮了，还不如我初恋男友高"。一个一米五的，看不起一米七的，活该剩着吧。下一个！

下一个是会计。长得特别真实，自拍跟长相几乎一样，美图秀秀都用不上。初次见面就对专家号特别走心，说愿意给他洗衣服做饭，搁一般人会觉得"这人有病吧"？可专家号感动得都快掉眼泪了。一个月之后，俩人兴趣爱好都挺合拍，专家号带着女方见自己这个城市的朋友，女方带着专家号见了自己的父母。长辈很实际，上来就问专家号有多少存款，结婚打算在哪儿买房买多大的房。这些问话像大霹雷一样在头顶炸响。专家号诚实地说，还在奋斗，还没想买房的事。

我心怀歉意地请专家号吃了顿好的。也许剩下的真的有诸多被剩下的原因。后面的俩，他说不想见了。当然，故事总是该有结尾的。一年后，专家号请我们一家吃饭，他带着他的新婚妻子，一个同样在这座城市打拼的女孩。而那些急着给自己闺女找对象的家长，还在到处打电话问谁有"合适的"。

把陪练变成一把骨头

每个人都想成为超级减肥王，哪怕他在别人眼里已经够瘦了。我就恨这种根本不胖的人满脸优越感地对着一群比自己胖出好几十斤的人说自己最近还得减肥，多得瑟啊！前几天看一篇文章，作者口口声声都在责备自己微胖的体型，我当时就在心里有了归属感，微胖嘛我应该也算。可是越往下看越恨人，一米七的闺女毛重才110斤，这也有肥胖的苦恼。

我打上初中体重就一直徘徊在120斤左右，几十年了当年校服要是没扔还能穿，不是依然年轻，是我压根就没瘦过。不像有的人，大起大落大开大合，特别有毅力地闷头减完肥，别人以为他得了场癌症呢，瘦得都不认识了。这样的人不得不拿他们当励志人物，太拼了。

我还认识一个女的，她说自己胖的时候我也没觉得她有多胖，但她认为找不到对象都是因为这身肉。为了减肥，她先抱了条狗，每天早晨把车开到一大荒地，跟狗比赛跑！狗哪知道这人什么心气儿，不敢拿第一，始终在她屁股后面跟着。这达不到锻炼的目的，于是她给我打电话，转天我的身影也出现在大荒地上了。我以为她的陪练怎么也得是条金毛或者拉布拉多犬呢，低头一看是条小鹿犬，还不是纯种，俩眼睛跟得了甲状腺疾病似的在眼眶外面凸着，那四个小细腿儿，冰棍棍儿绊一下都能断的主儿，还穿了件运动服。我对那闺女说："你也不给陪练弄双运动鞋，这地上那么多碎砖头，再把它累残废了。"她没接我的话茬儿，打车里抓出个绿色的网球："你扔，我们俩追。"我愣在那儿，脚底下小鹿犬跟个黄鼠狼似的，这个头儿再被网球给砍死。可是减肥的人执意让我扔，她说要不然狗跑得太慢。也不看看自己找的这东西，图便宜买只兔子也行啊！

说实话，我这眼神儿十米开外就已经看不见狗了，它还不如块砖头明显，振臂一挥，爱哪儿哪儿吧。没两天工夫，想减肥的一点没见瘦，陪练的快成一把骨头了。

后来她又跟我探讨减肥的最佳方式，我说："那就跑马拉松吧。你跟狗跑步这事儿，虽然也叫跑步，但更像障碍赛，跑几步就得一蹦，地上那么多砖头，谁锻炼找废弃工地啊！"可是她摇了摇头："你知道有多少人猝死在马拉松的过程中吗？年轻轻的，跑死了。"我说："那你就去健身房，有教练指导不至于练偏。"她又摇了摇头："健身房空气不好。而且中医说晚上不适宜锻炼，阴气重。"我都要跳脚了，又不去坟地锻炼，哪来那么大阴气啊！

当我们都安静下来，反观了一下各自的体型。我比她还胖呢。理由是她拿牵狗的绳子绕了一下我的大腿，甩一下，又绕了一下她自己的。用指甲掐着一小块儿，那就是我比她富余出来的肉。可是，坐在她身边，我一点儿都不自卑。胖点有吗了，都是碳水化合物。

多日以后，电话中了解到，她翻墙头儿的功夫比那只瘦狗强多了，看来锻炼难度加大了。我眼前经常浮现出一个丰腴的中年妇女在废弃工地里跑酷的镜头。

有一日多年不见的女同学打算跟我叙叙旧，聊了几句，她忽然问："你现在开始减肥了吗？"我立刻惊了，马上回复："我不能减肥，我心脏受不了。你呢？"她回复得也挺迅速："我也不能减肥，我现在多走几步都能晕倒在大马路上。"于是，我们觉得为了生命安全，不减肥的人得找个地方大吃一顿。

我见过一下能减掉百十来斤的人，但五六年之后再见，那些肉依然找上门来了。胖瘦就是个认命的事，为了健康可以适度科学锻炼，但要拼命，就矫枉过正了。关于健康，关于如何才能健康，无数专家在给我们做着彼此相悖的各种指导，顺应生命的自然才是最好的。

家里到处栩栩如生

说走就走的旅行

人生必须有一场说走就走的旅行，心灵鸡汤里都这么说。我生来就是个慢性子，想法在我的脑子里盘算盘算就能给转忘了，所以一般我去哪儿都非常被动，要不是别人生拉硬拽，所有的旅行不过是想想而已。但我妈不这样，我妈性格跟我正相反，她的执行力比脑子还快，就比如她同学说打算去埃及，挂了电话，她把自己去埃及的钱也交了，就跟抢答有奖似的。当她特别得意地告诉我要去看金字塔的时候，我在电话里大叫："那玩意儿有吗可看的？看看长城不完了？"可我妈说："我得去游一趟尼罗河，我最爱看的那个《尼罗河惨案》大概就在那儿拍的。"瞧看的这电影！

我提前下班，把在网上查到的埃及那边的新闻给她看，屏幕里的人正在要民主要力量，街头巷尾还有互相揪脖领子的。我推心置腹地对我妈说："虽然您曾经领导过八千人的单位，跟弄潮儿一样平过不少突发事件，但世界版图上不缺您这一颗螺丝钉。您逛个街也不愿意去大商场，嫌贵，专门踅摸地摊儿，万一刚蹲那儿就飞来个催泪弹怎么办？"我妈说："可以等催泪弹冒完烟儿，我捡回来当纪念品摆家里，上面有外国字儿就行。"对话无法持续，她胸中熊熊燃烧着拾漏儿的火焰。

为了跟祖国儿女保持联系，我强迫她带上智能手机，有网络的时候往回发微信，让我们也领略一下中东风貌。她则要求我去给她换美元，我前思后想，回来的时候打兜里掏出二百美金，告诉她："银行说，去沙漠那边，没什么可购物的，只给换二百。"于是，我妈怀揣着祖国人民的希望和这二百美元新钞赶飞机去了。途中，跟我说，埃及那边的钱比咱的钱便宜，还好看，要没的可买，就换点当地零钱回来送亲朋好友。散尽家财的底气啊！

按照发来的行程单看，吃的还不错，顿顿自助餐，起码管饱。但出发前，导游一再强调，自助餐都改成十人的团餐了，很有可能吃不饱，尽可能带点方便面和榨菜。而且饮用水得自己买，人家不提供，要求尽量自己带热水壶，可以烧开了自来水每天灌瓶子里喝。这简直就像晴空霹雳，立刻让我妈向往金字塔的心黯淡下来。我说："你们是扶贫团儿吧？还得带电热水壶，再弄满行李方便面，太给中华民族丢脸了。"我妈点头："宁愿饿着，绝不能丢脸。"气魄！

约我妈同行的阿姨很热情地蒸了两屉包子，她在电话里声音清脆："我蒸包子啦，你们不用带方便面了。"我心想了，阿联酋国际航空能让吗？

再跟我妈联系上，已经是在微信里了，我们有六个小时的时差。她在人声鼎沸的背景混乱中一遍一遍重复一句话：我花了好多钱！我已经花了好多钱了！我问她在哪儿，她说在迪拜转机，看见那里的免税店东西特别合适，为了表达她的澎湃心情，大声说："这里的洗发水比咱家楼下超市的还便宜！我得多买点儿，带回去。"我则在这边隔着六小时时差大声喊："别买，千万别买。你带那么多液体上不了飞机呀！"可是根本就没人再理我了。

隔天中午，我微信响了。我妈汇报已经到达开罗。我问她那儿风景好吗？她回复了这样一段话："我们同学在飞机上没敢上厕所，下了飞机也没敢上厕所。结果过安检的时候没坚持住，尿裤子了，我得帮她换衣服。"天哪！厕所里有吗呀，能吓成这样。

我妈那二百美元估计还没看见金字塔已经都花完了，她没带信用卡，说怕丢。所以接下来的数日，大概就靠借高利贷来购物了。我问她大包子吃完了吗？她给我哗啦哗啦发来好多照片，说正在一个风景特别美丽的大露台吃丰盛的自助餐。食物给的量真是挺足的，全是一大盆一大盆装着，也看不出到底是什么佳肴，反正管饱就行。我妈非常自豪地说，是埃及首脑接见的他们。多天真呢，消费能力就体现在买二百块钱洗发水上的人，值当接见吗？我就是想知道，那些湿衣服晾干了吗？

一场说走就走的旅行需要一份豁出去且想得开的冒险精神，说实话，我还真佩服我妈，我的人生怎么一点冲动都没有呢？

心不怎么跳了

我一直以为可穿戴电子设备是类似心脏起搏器那种东西呢，能远程监控，在你要死之前一把给救活；或者头灯，黑暗中的必需品。可赵文雯说谷歌眼镜、智能手环、苹果牌电子表等才算可穿戴电子设备，能在外边让别人看的方为“时尚”。咱又不是钢铁侠，把血肉之躯弄成半导体，坐地铁不是一样得买票吗？

前几天带儿子土土去户外用品超市，他一眼就被各式各样的智能手表吸引了，准确地说，是被各式各样的智能手表宣传画吸引了，上面都是老外在爬山、骑车、跑步等状态下不经意地显摆着自己的腕上风景。

他一惊一乍地说：“这个手表能测海拔！”我答：“你目前人生的

大部分时间都用在上学下学、上楼下楼上，海拔起伏不大。”

为了重新引起我的注意，他又提高了音量说：“这个表能潜水！”我答：“以你现在的人生状态，最大的可能是戴着手表洗澡。”

他不甘心，声音再度拉起：“妈妈，这个表能测心率！”我答：“你自己按住手腕子数数心跳比这个算得准。”

我理智的冷水在他对“智能”迷恋的面前如同空气，土土每每用膜拜的目光凝视完一款广告，就从货架上捧出装手表的盒子，虔诚而又谨慎。真让我受不了。我问他：“这表能看时间吗？”他显然没听见，还在智能条款上认真打量。

很多年前，我也买过这么一块儿名牌塑料电子表，除了能看点儿，还有一百米潜水功能，就为这一百米，多花了五百多块钱。可是当年潜水的概念就是在水盆里扎猛子，为了对得起这贵表，除了把脸埋水里，还得把左手腕子放脸边儿上一起泡着。新鲜劲儿过去之后，电子表回归了它原本的功能，也就是看个点儿，再后来用了手机，手表就不再戴了。

可土土明显被那些用不上的功能吸引住了，我一狠心一跺脚，告诉他：“你找块最便宜的吧！”他扒拉来扒拉去，找了一个功能最少的，除了显示时间，还有监控心脏的功能。我觉得，他要是个有心脏病的老头，买个这东西随时看看，别耽误吃硝酸甘油也算不错，可一少年儿童，心脏监控什么呢？

因为我也挺好奇，所以就交钱结账了。到家一拆包装发现，表依然是表，但为了完成对心脏监控的功能，要把另一个松紧带绷在身上，并且将感应器放在心脏外，稍微偏一点儿就给你拉直线。经过几分钟的说明书学习，大致了解了使用情况。他跟大爷似的拍着自己的胸脯，抬着腕子自言自语：“我的心这就要跳了！”为了能让心跑出个变化，我提议去跑步。他一会儿一看表，这是找心呢！

一般规律是跑步能让心跳加快，可我们跑了五圈儿之后，表上显示的心跳每分钟才四十多下。鉴于我的经验之谈，土土把手伸进怀里，左右地摆弄感应器。但效果并不明显。我问他：“你憋气了吗？”他摇摇头做了二十个俯卧撑。心还是不怎么跳。我直接就把电话打厂家去了，对方轻声细语地问：“您换个电池看看，是不是没电了？”心跳得正常不正常合着得看电池有电没电。

智能手表在两天之后就恢复了它普通塑料电子表的使命，也就看个点儿。

很多人都在瞩目死贵的苹果牌电子表，我看了一眼介绍，那么小的表盘，摆了十几个应用App，这还能看时间吗？说它能跟苹果牌手机沟通，可要有手机真没必要戴手表了，成天看这款表，能让你老花眼的时间都提前了。

智能，让我们越来越弱智。

一块心病

勺子成天夸我给她的鸟叫声多么婉转可人儿，忽然有天她说那鸟在洗澡的时候趁笼子门没关严，自己飞出来了，直奔蓝天。咚的一下就撞玻璃上了，声音大得她都担心玻璃碎了。一团毛直接躺倒在窗台上。那姐们儿以为鸟死了，给我打电话，上来就问："你那手头有富余棺材吗？"我很沉着地说："你打算要什么材质的？"她说："怎么也得水晶的吧！"我脑子里瞬间想了想尺寸告诉她："你去超市，巧克力柜台，把里面糖送我，塑料盒子归你。鸟装里就能直接出殡了。"正严肃而按部就班地讨论料理后事细节呢，勺子在电话里大喊："哎呀，没死！"我要求她打开手机 FaceTime 功能，看见那鸟还真摇摇晃晃站起来了。

勺子是志存高远的人，养鸟都恨不能给培养成刑侦大队的。我把我亲手调教的会解鞋带会撕纸的鸟送给她，但她问我：“这东西放出去能不能自己飞回来？”人家长翅膀自己有脑子又不是回旋镖，被我质问良久，她吞吞吐吐：“你说，在这鸟腿上要捆个摄像头能把图像回传吗？”我告她，这上称比麻雀还轻的东西能有多大条腿捆摄像头啊，想航拍得养大老鹰。

吭哧半天，勺子说现在养个孩子真不省心。“你是想让鸟跟踪你们家孩子吗？”她瞪眼看着我。我接着说：“花大力气跟踪你老公还算是有所作为，你跟踪个上初中的孩子干吗啊？”

我是看着勺子的儿子茁壮成长的。因为家境不错，小勺子打上幼儿园开始就不上说中国话的小班儿，可谁承想，这孩子打骨子里热爱自己的国家，学了那么多年英语，到头来考试还是全班垫底儿。这让勺子觉得脸上无光。勺子为了培养孩子的艺术修养，从五岁开始让他学钢琴，我每次去他们家，勺子都得把孩子揪出来现场演绎，我对那流畅的旋律佩服得五体投地，可回回勺子都咬牙切齿：“不自觉。天天练琴得逼着，求着。你光看弹曲子了，学一个曲子得花好几千。你想吧，一小时四百，学会一个曲子上六节课。几千花完会弹了吧，你要平时不练，没几天就给你忘精光。”艺术之所以那么高大上，一定是因为贵啊。吹口哨没成本，你看有人学吗？现在的孩子都跟音乐家似的，钢琴是起步，还有小提琴、古筝、古琴等等，这些乐器，你要穿着老头衫演奏都觉得对不起五线谱，一上台不是礼服就是旗袍，连衣服都必须上档次。

说这话的时候，勺子的儿子正给花盆换土。那面庞俊朗的少年根本就不像他妈说的那么顽劣。可是，哪个家长愿意自己的孩子当个普通花匠呢？都恨不能一路尾随着重点学校的大军高歌猛进。勺子满脸无奈，“以前对孩子还期望挺高的，可是追着他越长大，我们的期望值已经越降越低了。只要能身体好，不危害社会就行了。可我又不甘心，打小花了那么多精力培养他，到头来一点儿效果都显不出来。”

有一天，勺子特别兴奋地告诉我，她可以监控儿子的行踪了。因为手机有这个功能，同一个注册号的手机能彼此用GPS定位监控。而此时，勺子的儿子已经成为一个小绿点儿在他母后的手机屏幕里移动。

很多时候，我们都是在跟自己较劲。就像大苹果皮上面那个“福”字，聊以自慰的绝不是口感和营养价值。

时间都在这儿呢

每个季节都要打开儿子的衣柜，把那些又小了、短了的衣服拿出来。时间都去哪儿了？时间就在这一寸一寸长出的衣袖里啊。当你站在那些花花绿绿的小衣服面前，是不舍得之后的舍得。成长润物无声，去年在白墙上留下的浅痕还能感受到指甲划过时光的缝隙，可是你，在春天到来之前，已经像小树一样又高了一节，把旧了的时间忽然就甩掉了。

我总是一惊一乍地感慨，你又高了。尽管你依然在清晨醒来的时候会梦魇一般喊“妈妈”，尽管出门的时候小手依然很自觉地放在我的大手里。阳光从我们的背后照过来，小影子对大影子说：“妈妈，以后我的影子能超过你吗？”我说：“等你变成大影子的时候，妈妈就成了小影子。”小影子很高兴，松开拉着我的手跑远了，并不时地回头喊：“你能追上我吗？”阳光很刺眼，我未加思索奋力跑向你。我知道，终有一天，我再也追不上你，只能站在原地，任逐渐缩短的影子在脚下堆积。

当你穿着满是小熊图案的睡衣斜靠在我的肩膀上，轻轻说：“妈妈，今天能多讲一个故事吗？”我怎么能拒绝你呢？那一刻，我统领着所有的角色站在你面前，身体能变得像灵魂一样轻盈，上天入地无所不能，我是阿拉丁神灯里的王，而你，用最轻柔的咒语将我从禁锢中放逐。我讲的故事，都是书里的世界，哪里讲错了，你呼啦一下直起身子更正。我才知道，那些书原来你都看过。

你的书包越来越沉。小小的身体每天迎着朝阳出发了，在空荡荡的大街上，显得那么孤单。可是你，总回头对我说：“妈妈，你从明天开始能不送我吗，让我自己走。”我执拗地拉起你的手过马路，其实，我是害怕那么多的明天到来，它像一个深邃的洞伸向遥不可知的未来。所以，我固执地站在学校栏杆外，隔着一米的时光，看着你从不回头的身影。

谁又能阻挡一只羽翼丰满的鸟向往蓝天的意愿呢？于是，你的口袋里装了钥匙，在某一个时刻，我会无数次地看表，无数次张望，无数次竖起耳朵听楼道里的动静。直到，你满头大汗地推门进屋，把书包顺势往沙发里一扔，去厕所洗完手问我：“妈妈，有什么好吃的？”这是我一天的幸福。

偶尔接到你学校班主任的电话，我骄傲的内心立刻像含羞草一般瞬间收敛起一切特立独行，用谦卑的声音询问你又犯什么错误了。她说，你跟同学打架，被打破了鼻梁，得马上去医院。当我看见你的时候，你在脸上搭了一条毛巾，并叮嘱我：“你不许笑啊！”我唱着“掀起了你的盖头来，让我来看看你的脸”，纱布遮挡住你的俊俏，你忽闪着眼睛说：“我不疼。男人哪有不打架的，我们的事我们自己解决了。”

我站在你人生的边上，看你成长。我知道，所有的问题你都会遇到，你会领教生活不停射出的冷箭，也会碰上不期而遇的诸多温暖，我不奢求你的未来繁花似锦，我只需你活得平安知足。

今天，我依然愿意肩膀被你毛茸茸的头发蹭着，给你接着讲睡前故事，我很愿意就那么一直陪你走向岁月的深处。因为，时间都在这儿呢。

拿冷血动物培养爱心

农夫和蛇的故事告诉我们，农夫是喜欢冷血动物的。

作为纯人类，我们要敞开心扉洒遍世界全是爱，所以冷血动物目前很带人缘。前几天和孩子去遛花鸟鱼虫市场，我不错眼珠地看鸟的时候，土土已经蹲地上半天了。我拿脚踢踢他屁股，示意他可以走了，他站起来问我，“能买这个吗？”我定睛一看，摊主手臂上盘着条塑料长虫，我说，你都多大了，买条假的吓唬人多没劲。摊主不乐意了，呼地把胳膊往我眼前一伸：“姐姐，您看看是塑料的吗？”那长得眉清目秀的长虫冲我直吐信子。我觉得我的魂儿嗖一下就没了。

我自言自语：“这有吗用？”摊主说：“夏天，多凉快啊！你哪儿热它能帮你在哪儿降温。”一条跟鞋带儿那么大的蛇，指它当空调使，人没凉快它先给热死了。说实话，我对蛇这东西，存在天然的恐惧，打心里哆嗦。农夫得多善良啊，直接把蛇揣怀里。那是人间大爱啊。

看我坚定不移地害怕，摊主也不多说了，直接从塑料盒子里掏出一只蜥蜴，放在另一只空着的胳膊上。蜥蜴还真好看，绿的，长相跟蛇挺相近的，也是三角脑袋。摊主一边拿一根粗壮的手指头抚摸蜥蜴的背脊，一边赞叹：“看这眼神儿多纯净，鳞片多齐，这冠多高。”跟夸他们家孩子似的。蜥蜴的眼珠子在眼眶里翻着转啊，看得我都想跟着转眼珠了。

我是打算掉头就走，可无奈咱有个农夫心肠的孩子，他俩手背上蓝色蜥蜴绿色蜥蜴各一只，俩东西顺着他胳膊往脑袋上爬，别说，那速度是真快。知道什么叫爱不释手吗，就是必须俩手都得抓着。蜥蜴倒还能接受，就是蜥蜴吃的这东西，真是恶心。配的一把面包虫在那儿蠕动啊，彼此摩擦在一起还发出沙沙声。我们家已经多年没吃面食了，为了这些肉虫子，我还跑市场上买了个大白馒头，回来搓成沫往它们的头顶上撒。大热天，面包虫身上泛着一股馊味，撞头。但土土如同嗅觉出了问题，又关窗户又关门，非怕这还达不到爬行动物的温度要求。

在别人家营造植物园的时候，我们家就是热带雨林。俩鹦鹉什么时候学会用我的声音大笑的，我不知道。但它们确实笑得让我肝儿颤，只要我表示出对蜥蜴的恐惧，俩鸟就开始毫无节制地笑，跟个复读机似的没完没了。

有天晚上，土土好像去了趟厕所，我隐约听见开门关门的声音，然后就是一声大叫：“妈妈，快来呀！”这一声，估计全楼人都醒了。我奔到他屋里，他瞪着俩眼说：“蜥蜴下蛋啦！”给蜥蜴伺候月子，咱是真没经验啊。那蛋跟个小糖豆似的。蜥蜴大概是个未成年少女，对自己的亲生骨肉毫无怜惜，趴在树皮上睡觉，到天亮的时候又下了俩蛋。之后的局面就更为复杂，蜥蜴跟下蛋有瘾似的，每天都能下好几个。害得我不得不给卖蜥蜴的摊主打电话，我实在怕夏天过去的时候我们家成了养殖基地。摊主跟个科学家似的，给我解释了蜥蜴的生理构成，说蜥蜴就是能跟鸡似的天天下蛋，但如果没有受精，蛋就孵化不了。我的心才踏实。俩鹦鹉在窗台上又开始张着小弯嘴没完没了地笑。

如果你以为有蜥蜴就可以结束噩梦了，那你就太善良了。鉴于土土的农夫爱好，更有大爱者，拿来一只蜘蛛送他，那蜘蛛长得跟鬼没什么区别，浑身是毛，如果浑身是黑毛也就罢了，长了一身酒红色的毛，还有大长指甲呢！跟一个成人的手掌那么大，名字挺好听，叫智利野玫瑰，还是个外国女鬼。这女鬼的饮食也很独特，得吃某个特别贫穷落后国家的蟑螂。蟑螂还挺贵，一块钱一只。我一个朋友说，那恶心玩意儿还用花钱买，你睡一夜你们家遍地都爬。可是，外国的蟑螂是讲爱情的，不交配自己绝不生养。

有一次我遇见一个喜欢另类宠物的朋友，问他手怎么了，他说让家里养的巨蜥给抓的，两只手的手背上全是疤，甚至俩膝盖都受过伤。我依然不明白现在为什么有那么多人喜欢冷血动物，这种爱，真伟大。

必须是活物

男孩这个物种很奇特，他们似乎跟大自然更亲近。土土有一个特别的兴趣就是刨地，打他特别小，走路都晃的时候，一般是随便找块土地一蹲，就开始刨。夏天的时候，转眼间，你就能打他手里发现一条身体肉乎乎被惨白颜色包裹着的地蚕，那肥硕的身体没前没后，不停地蠕动。土土看着特别高兴，一手抓着，一手挖，再有富余就送给其他站着或蹲着的小朋友。然后就会听见其他家长尖叫一声，大喊："别要！"土土的好意被断然拒绝后，他从不气馁，转身望着我，温柔地说："妈妈，肉虫子多漂亮，你帮我拿着，都带回家，让它们去咱家旅游！"

作为妈妈，你要具备胸怀天下成为自然之友的气魄，所以我，心一横，手一伸。五六条肥蛆在我掌心里鼓秋。你要问我觉得恶心吗？我必须告诉你，太TM恶心了！但我能扔吗？不能。我不能辜负一个那么爱我的生命对我的信任。所以，有一年的夏天，我们家窗台上，有一饭盒又一饭盒的蛆。在还没看见它们长翅膀的时候，我就告诉土土，它们想念自己泥土的家了，然后把一拨一拨的肉色旅行团哪儿来的送哪儿去。

我始终认为等孩子大了，自然就会对这些东西慢慢疏远，可是什么叫变本加厉登峰造极？来我们家。长得比蜈蚣脚丫子都多的千足虫，他一抓一大把，那些虫子能顺着他手指缝往外钻，就像流下来没完的褐色液体。山里各种虫子，他都能引经据典地给你讲上半天，祖宗八代能捯到史前去。每次看他如此痴迷的时候，我就回忆我胎教到底哪儿出了问题，我是成天听莫扎特贝多芬来着，接触的都是高雅的。

最近土土忽然迷恋上能变色的蜥蜴。仗着他对我这么多年的培养，我倒是对什么都不害怕，约好了只去看看过过眼瘾。宠物市场确实什么都有，各种怪模怪样的松鼠、各种睡姿撩人的旱獭，还有能挂脖子上当项链戴的花蛇。经过这些的时候，土土的脚步永远行色匆匆，直到看见做得跟个酒柜儿似的箱子站住了，里面百十来瓦的灯泡照着，一只蜥蜴跟塑料的一样站在木头上纹丝不动，看得我颈椎病都快犯了。

我必须及时说风凉话："这有吗好的！"土土说："多漂亮啊！"他有审美标准吗，蛆是漂亮的，蜥蜴是漂亮的，偶尔我也是漂亮的。他问老板，蜥蜴多少钱。我立刻用更高的音量盖过他："这一个月得费多少度电啊？"老板认为我们很没有诚意买，所以闷头打游戏去了。

我们在各种爬行类小动物的别墅区转悠够了，土土很气馁，因为他压岁钱没带够，我又不肯借他。只好悻悻而去，路过市集摆摊儿的地方，他惊叫一声奔过去。坏了，一地塑料餐盒里全是大大小小的蜥蜴。摊主是个小伙子，跟编小辫一样玩着条蛇，他说蜥蜴都是他在冰箱后面用纸夹子自己孵出来的。我心话，别看他得意，蜥蜴没一个认他当妈。

两个自然之友的碰撞就是必须买。而且小伙子把一对儿变色蜥蜴两年以后交配的时间都推算出来了，还告诉土土怎么亲自上阵替蜥蜴孵化。就这样，王绿豆和王小圈儿作为房客来到我们家。为了营造逼真的自然环境，摊主说得去掰一块杨树皮，之后拿水泡，进微波炉里打，说得像做一道菜。

土土拿了把铲子出去了。不久打电话来咨询我，杨树根本不掉皮，柏树的行不行。我说，又不是入药，什么树皮不行啊，不就是为了扒住点劲儿吗？人家孩子回家的时候，扛着一后背的枯树枝子。我都快哭了，这是跑哪儿上山砍柴去了。

在别人家都营造田园风光的时候，我们家打造热带雨林。为保持空气潮湿得成天喷水，鹦鹉飞着，蜥蜴跑着，太适合载歌载舞了。以后蜥蜴孵多了，我是不是就能不上班，改在家收门票了？

家里到处栩栩如生

老年大学，是培养家庭艺术家的摇篮，曾经一位阿姨特别热情地让我提供一张我们家里人的照片，她说：“我给你们捏一组泥人儿，你摆家里，特别栩栩如生。”虽然她跟我提了两回，还都挺急切的，但我始终没敢接话茬。我们家不想对外开放，成天这几口人看着都快两相厌了，再弄一群自己的模型摆一溜儿，进屋是鞠躬不鞠躬啊。

刚让泥人艺术家的热情冷却下来，又遇到一位大爷，人家业余爱好铸铜像，在他的眼里，画素描太小儿科，他不单能画成立体的，还能做出模子浇铸。他特意给我看了他给自己小孙女铸的半身铜像。一般做这个都是用石膏外面涂一层金属色，可大爷有手艺，纯铜的！一个小半身像重得压手，幸亏那孩子前几天我见过，不然满心疑问“这孩子还健在吗”？可是话虽然没问，但在他一个劲儿问像不像的时候，我真想说：“做得太像个小烈士了！”那坚定的目光和胸前飘荡的红领巾，猛地让我想起小英雄赖宁。

当艺术的春风吹满大地，我妈终于放弃了做饭班，开始到处给老年大学的同学们打电话，转系。她上了玉石雕刻班，想在水越来越深的文玩市场崭露头角。可老师说了，想雕刻必须进设备，各种钻头和刻刀等，就我妈那眼神儿，不戴老花镜能当世界和平的主儿再把钻捅自己手上，所以我坚决不允许她买那些专业工具。可你以为这样就能打消她追求艺术的热情吗？有一天在厕所旮旯，我掏出一个大兜子，那么多被切割下来的破石头块、石头片，除了这些还有一鞋盒子大小不一的橄榄核。我大叫一声，我妈也尖叫着跑进厕所，“你可别给我扔，这都是我存的。以后有时间慢慢刻。”在另一个旮旯里，发现了她藏的其他工具。学了一学期，没见一个成品，攒的全是下脚料。我妈说了，以后都刻出来，让我换着戴。为了这个理想，她又学素描去了。

被我拦着，好歹是没动钻，我妈很失落。她的老年大学同学非常讲究互助，替她做主，报了泥塑班。未来都可以预见，以我儿子为原型的泥人至少会摆半桌子，我们家自己就能营造栩栩如生的场面。

这些专业相比音乐而言太小众了，所以很容易报名。作为老年人，也同样具备明知山有虎偏向虎山行的乐观主义精神。我妈又要学钢琴了。凌晨四点，她手机闹钟开始大唱“南泥湾”，我在“又战斗来又生产，三五九旅是模范，咱们走向前呀，鲜花送模范”的歌声里问我妈干吗，她说得赶第一班车去老年大学报名。得了疑难杂症挂专家号都没那么火爆啊，可是学音乐的老年人太多，必须早去。

我妈是早晨五点多到的，手里拿到的是239号，那乌压压的一群以大娘为主老大爷为辅的莘莘学子，有的是前一天早晨就来了，因为到得太早，被系办公室老师劝回去了，可是学习热情太高涨，下午抱着铺盖卷又来了，干脆就在礼堂里打地铺。为了公平公正，学生们发明了自己治自己的规矩，每两小时一换号，你甭想拿完号回家踏实睡觉了，有效的号只掌握在坚持排队的学员手中。

老年大学真是个可以活到老学到老的地方，也没个毕业的说法，只要你有梦想，学完了还可以重头再学一遍。

我妈以前待的圈子太小众，没见过这么紧俏的报名场面，还没到早晨七点呢，系里的老师来宣布已经没有声乐班和钢琴班的名额了。队伍立刻就乱套了，那些来晚的找没名额的人换号，想让自己能提前点报名，可“打北边来的别喇叭的哑巴不愿意拿腰里的喇叭换打南边来的提鳎目的喇嘛的鳎目”，乱得我妈立刻心灰意冷。

学海无涯苦作舟，东边不亮西边亮。我妈跟着她的闺蜜转手就去别处报了个八天速成的钢琴班，回家她就兴高采烈地说，很快你们就能听到我弹的“水边的那谁”了，我说:“水边的阿狄丽娜。”我妈:“好像就是这闺女。”

有时候病越治死得越快

前几天一个同学打来电话，问我手底下有好作文吗，越多越好，老师让背下来以后考试用得上。“作文”真是具有极高水准的东西，因为你根本揣摩不到标准。以前我们上学的时候都是自己在生活范畴里挖空心思找素材，最多在好词好句上照猫画虎地借鉴一些文学名著的描写。现在的作文是让你背，脑子里得装好几篇，然后赶上什么题再现场改巴改巴往里套。至于作文写的是不是你的真实生活老师不管。

我的一个朋友说，写作文就是从小教孩子怎么说谎，听着简直就像培养小骗子。诚实是一颗种子，我把它打小就埋在孩子的内心了。原以为这该是钻石，后来才发现它成了结石，必须做微创手术给取出来。

有一篇作文让写假期里的一次有意义的活动，儿子就写了他第一次去中国导盲犬基地当志愿者的事，以一个十岁孩子的表达能力，文字还算不错。我拿手指头戳着他的肩头，以一个文字工作者的姿态说："你这篇肯定能过，多有意义啊！"转天，他兴高采烈回来，进屋把书包往沙发上一扔，哗啦就把拉锁拉开在里面翻，我特别识时务地问"作文过了吗？"儿子说："你猜！"绝对得过啊，我还没接茬儿呢，作文就拍在我眼前了。两页稿纸，每个自然段一个鲜红的 ×。连一句话都没入法眼，从头错到尾。我们俩面面相觑，为吗没过呢？儿子特别得意地说："你的自信被打击了吧？作文写实事准过不了。"用孩子的语言，写孩子自己的感受这种真实多么难能可贵，可是不行，我们只能放下把狗当学习对象的思想，调整到扶老奶奶过马路的思路上。

无中生有地搭建故事框架是编剧应该做的事，但孩子们早早就开始操练上了，而且那么千篇一律，估计看的都是一本作文选吧？要不说孩子接受东西快呢，人家早早就知道怎么写才能通过了，作文的主人公永远有活雷锋，一水的老爷爷或者老奶奶。"感动"是个主旋律，常年飘荡在作文的上空。"我"也得不停地做好人好事，比如冬天，就得写冰天雪地，天不亮必须出门并且那路滑得，走一步就得一个跟头。为了写作文，也不能管环卫叔叔们撒盐的事了，他们撒了，作文就没法接着写了。赶在快迟到的节骨眼儿，路灯下一定得站个哆哩哆嗦的老人，这时候，"我"或者"我的妈妈"就跟会读心术一样，认为老人得过马路又不敢。掐着点儿，耗到把老人也送过马路了，那边上课铃也响了。早一点晚一点都不行！

这样的作文是能通过的。哪怕我们在冬天骑着自行车也没摔过跤，更没看见过一例站路边非用人搀着送过马路的老年人，倒是看见不少眼瞅着车来车往还去跨护栏的大爷大妈。可是作文是纯洁的，除了你变身雷锋，还有更多活雷锋出现在你身边，比如你的笔记丢了，某个平时调皮捣蛋的同学能熬夜给你重抄一份，为了让你的学习不落下。现实里，这样的同学就是神。再说了，我们经常丢书丢笔记，解决方法就是借同学的复印一份。但是在作文里不能这样，否则就不感人了。

孩子本着编剧的路子，作文写得就顺畅多了。可是这依然是我心里的一个结。有一天一个朋友说，你别逼着孩子写真实的事了，咱现在过的日子都不配往作文里放。写好作文不就是为语文分数高点吗，别较真。你看那些被判定绝症的人，有时候越治死得越快，还不如该旅游旅游该吃饭吃饭呢，没准活得还长。

这个偏颇的理论，就是让我对目前的作文现状放弃治疗呗。别说，自从我不管了，儿子自己写的作文全是优秀。

别人家孩子和我们家孩子

“别人家的孩子”总是神一样的存在，就像螺丝钉一样，哪里需要就扎根在哪里，尤其我们家。在别人家孩子都紧锣密鼓地做复习题，削尖了脑袋想着考试的时候怎么把同学们甩下，自己一枝独秀的时候，我们家孩子正蹲在地上，守着盆水，往他的绿角蛙身上淋。一边和弄水，一边说：“蛤蟆一沾水就变绿。你能知道它公母吗？”

我急得直揪自己头发：“你多做个卷子行吗？”地上的说：“老师没留，为什么要做？”我说：“得 95 都在班里倒数了，局势紧迫啊同学！”地上的说：“我都会了。”我说：“都会，你还错那么多？”地上的我们家孩子用俩手指头轻轻揪起蛤蟆后腿儿：“妈妈，你看脚上有婚垫的就是公的。”

这样的对话是令人绝望的。

在别人家孩子琴棋书画无所不能的时候，我们家孩子却把身上有毛的、带黏液的、生鳞片的稀奇古怪的爬行动物招家来了。那南美角蛙刚来的时候，还有点可爱劲儿，挺小的圆滚滚，不声不响，吃完就睡。这东西眼神儿不好，你要不拿个镊子夹住食在它嘴边晃，人家就能生生把自己饿死，远于五厘米就看不见了。也不知道当初是怎么在雨林里混的，以为哪儿都是养老院呢。

就因为眼神儿不好，所以它伸舌头捕捉也不到位，经常是你在它左面晃，人家大长舌头嗖一下就奔右边去了，舌头上不知道是因为有黏液还是有吸盘，能啪一下就把自己给嘬在塑料盒子壁上，笨重的身子使劲儿往后坐才能把舌头拽回来，要是半天扽不回来，就得人上去帮一把，拽舌头。大概是因为这绿蛤蟆眼神儿和脑子都有点问题，我们家孩子对它格外操心。写完的作业能忘在桌子上，到学校挨罚，喂角蛙的事从来不忘，跟哄个弱智孩子似的那么下功夫。想着法儿地给那蛤蟆改善伙食，并喂到嘴里。

功夫不负有心人啊，没几个月。一个绿球似的小蛤蟆长成了一个臃肿的大胖子，绿了吧唧的一摊，面相挺凶，成天瞪着个眼，营养太好还长出了眼眉，虽然一边儿是断的。

在别人家孩子上课外小班的时候，我们家孩子让绿胖子在木地板上蹦，说让它锻炼肌肉群。为什么非得在木地板那屋呢，说因为瓷砖地太凉怕拉肚子。一个蛤蟆，脏水里游得好好的，怎么就不能沾凉呢，又不是坐月子。

你就听吧，书房里一个童声在喊“加油”，一只臃肿的绿蛤蟆在费劲地蹦。啪——一摊，啪——又一摊，跟烙饼似的，肚皮沾过的水印，一个圆接着一个圆，倒是把地给擦了，蛤蟆肚皮上还沾了我两根头发。

我特别惆怅地看着眼前的“驯兽表演”，手里攥着几张我抄的错题。“你训练它干吗，蛤蟆也不参加考试。把这些题赶紧做了！”我们家孩子仰头说：“那我做完，你能在网上给它买点日本的钙粉吗？”我还没补钙呢，蛤蟆到更年期了吗？可是心里这么想，愣是咬着牙没敢说。我要是不同意，他不定又想出什么法子自己搞科研。展望咱们家的窗台，全是他动手制作的各种房子，蜥蜴的、蜘蛛的、乌龟的、蛤蟆的。可这不算才艺啊！

作为家长，我特别语重心长地跟他说：“别人家孩子都有理想，你打算干吗？”我们家孩子两眼发亮，笃定地说：“我立志要当个铁匠！”

可愁死我了。

一只鸡站在人生的边儿上

没养过小鸡的童年，不是完整的童年。毛茸茸的小鸡简直就是人类爱心的启蒙，它们成批成批地站在我们人生的边儿上。因为，多半养不活，埋的功夫比养的功夫都大。就在我几乎忘了自己成长历程的时候，门口市场里卖小鸡的来了！一个大纸盒子，里面四十来个小绒球叽叽叫着挤在一起，让本来就不大的箱子凭空富余出三分之一。大人们来去匆匆，跟驾着七彩祥云似的，飘着就过去了，可是小孩一屁股就蹲下来，不买鸡，别想让我挪地儿。而且小贩也很会情感营销，非说买一只鸡肯定得死，起码买两只互相做伴，买得越多成活率才能高。可哪个家长也不会为哄孩子办养鸡场，所以，一般买俩。孩子们跟领礼物似的，拎着塑料袋乖乖地回家。

这其中，就有我儿子。用死磨硬泡来对付我的一筹莫展。最后当然是以我妥协告终。那俩小鸡自从进了塑料袋就开始高频率尖叫，我的爱心瞬间崩溃，全楼都知道我们家买鸡了。给俩鸡找了个小纸盒子垫上我最柔软的洗脸毛巾，孩子们就算有家了。还没等给起好名字呢，一只鸡站那儿就开始晃，然后干脆闭上眼睛，一个趔趄接着一个趔趄，最后终于躺倒在地开始捯气儿。这就要阴阳两隔啊。我赶紧提议带到楼下草地，让它晒太阳接地气没准还有救。我和孩子像120下来的急救大夫，一阵风到楼下，找了块风水宝地把小鸡摆好。我们刚直起腰身，嗖一下，从墙缝里蹿出只猫，瞬间鸡没了！可是，我们拔腿就追的速度还是没有赶上天葬的速度，猫回头的时候，连根毛都没给剩。

我们深深觉得欠这毛茸茸孩子的，满怀愧疚去鸟市买了两块钱面包虫。剩下的一只小鸡起名王饭团。饭团不负众望，特别能吃，而且性格好，第一天就拿我当母鸡了，在屋里我去哪儿它去哪儿，我前脚进厕所，它后脚就在外面可脖子喊，逼得你必须打开个门缝，让鸡看见你，还得不停地跟它说话，解释为什么我在这里暂时不能出去。人家就能卧脚垫上，干等。

我每天清晨都央求一句："咱能把王饭团送人吗？"得到的答复是：不能，除非等它长出翅膀能抵御野猫。这鸡到底是给谁买的呢！自从它得此诨名，越来越能吃，王饭团的生命价值五块钱，但它每两天能吃进去同等价位的面包虫，还不算小米和水果蔬菜。除了吃以外，它还寻求胸怀。必须被人揣在怀里，才能暂停它那高亢的尖叫，最后我天天觉得我一身鸡屁屁味儿，但为了它能顺利成长，我还是继续当母鸡。

王饭团是一只有追求的鸡，它不明白我为什么要在电脑上敲来敲去，所以只要我一坐书桌前，它就伸着脑袋尖叫非要上来不可。蹬鼻子上脸地追着我的手。一只鸡开始了跟鼠标争宠的日子，最初是一只脚蹬在鼠标上，在我把它扒拉开之后居然躺在鼠标旁边，必须让我的手掌覆盖在它的身上。如果我不理它却在键盘上敲字，它也不愿意，满键盘跑，敲出了一行又一行古怪文字。

常常有人问，你怎么能在家养鸡呢？那鸡不是得满地拉吗？谁说不是呢！

我把带孩子的耐心都挖掘出来了，整天拿着撕好的报纸蹲地上这儿擦那儿擦。鸡的肠子里得有多少粪便呢？边跑边拉，你以为刚擦完能消停会儿了吧，人家又沿途留下很多摊记号。

王饭团从来不认为自己是鸡，它坚定地认为自己是长了翅膀的人。所以在大家围桌吃饭的时候，它必须卧在人腿上，但凡闻见点刺鼻的美味直接就飞桌子上盘子里吃去了。等你收拾完，打开电视想歇会儿，王饭团已经卧在沙发正中的垫子上等节目了。

别人早晚遛狗，我早晚遛鸡，而且鸡就架在我胳膊上。当它终于羽翼丰满，屎量越发得大，经组织批准，还是把它送到了寄养家庭，我儿子还要求人家给王饭团养老送终。寄养家庭腾出了一个狗窝给它，它那个叫啊，对方打电话问我怎么办，吵得睡不了觉，我说扔它自己那小纸盒子里。王饭团立刻不号了。

据说它在小区里闲逛被一只猫扑倒在地，寄养家庭抄大棍子才把猫吓跑，王饭团终于成了一只特立独行的鸡。

在家里百步穿杨

谁说现在孩子动手能力差，这种能力都不用启发，你一眼看不住都能把东西拆个七零八碎的。大概是打小看魔幻故事看多了，我儿子的梦想就是独自在原始森林里野外生存，为了这个梦，他打四岁开始做着准备，比如存火柴，然后把火柴头儿全刮下来放在一个盒子里，再大点儿，就用融化的蜡把盒子整个封住，说这样容易保存不受潮，进森林里能用。

随着他有了零用钱的自主权，我们家开始有快递送东西了：求生哨，那声音尖的，一吹全楼人都得出来站队；水袋，说有过滤功能，万一河里的水有毒，经过水袋过滤之后就能喝了，而且尿进去，出来都是纯净水；砍刀，虽然看着不大，也不快，浑身锯齿獠牙傻大笨粗，可是据说当车掉进水里的时候，这刀能在最短时间把玻璃砸开，救人于水火之中……

什么对讲机、定位仪、火石、背包等等用于野外生存的各种工具都藏在他床铺底下。当我们已经变得没有梦想的时候，咱不能拦着孩子有梦想，虽然去个森林公园都得买票，啥装备都不用带，连烧烤炉子都有地方租，我还是尽量维护着他关于原始大森林的梦想。

我一直以为他之所以这么痴迷那些压根用不上的东西是因为要当特种兵呢，后来看他成天捡树枝、磨木头做弓箭，一问才知道，人家的偶像是精灵。可是精灵用得上那些野外生存的东西吗，人家小翅膀一扇就能飞起来，老远都能看见身上发出的光，但儿子说那是萤火虫，精灵也需要随时准备着战斗。

外国教育专家说了，不能打扰孩子的想象力，只要知道他智力水平没问题，他爱怎么天马行空就随他吧。我不知道他在想象里当了多少次英雄，当他让我陪他去马路对面的集市批发冰棍儿的时候，我说你自己去吧，就当穿越原始森林了。他说，那要让我自己去，我就不吃了。我真想问问外国专家，遇见这种梦想和现实两拿着的孩子，家长该怎么办?

这一晃就到了生日，体育用品店转一圈儿，我觉得这地方离精灵老远呢，最多买个球就可以对付过去了。但哪承想，体育用品店靠墙摆了一溜专业弓箭。别说他了，我脑子里立刻都闪现出金发精灵骑着白马背弓搭箭的样子。卖东西的和买东西的里应外合，那还有跑儿？好在看着并不大，精灵装备就齐了。我开着车，趁红灯工夫回头看了一眼，好么吓一跳。合着买的时候看着小，是因为没组装，等他把弓装好，足有一米来长。

弓箭手跃跃欲试，我好不容易才找了块没人进出的背静草地，因为太背静了，所以空气里充满了屎尿味儿。为了不出危险，只好忍了，拿几棵挺粗的树当靶子。当然了，刚开始训练的时候是没准儿的，树好好的，一箭一箭全扎进了泥里去，改翻地了。

到家训练也没结束，他自己在楼道的垃圾箱旁边找了个别人扔的大纸箱子，搬回家，在箱子上画了四个小人，然后拿步伐丈量出十米。自那一刻，我耳边充满了“嗖——啪，嗖——啪”的声音，听得心里直发毛。四个小人身子都被射烂了。我倒退着跟他道别，赶紧去上班，并且告诉他，在我回来前必须把屋子收拾好。精灵满口答应。

我回家时，倒也整洁，他拿着弓在那瞎比画。看见我，就赶紧把他做的乱七八糟的练习摆在我的面前，这种大献殷勤让我心里一紧。我板着脸，严肃地问：“老实交代吧，把哪儿弄坏了！”他赶紧摇晃着我的胳膊说：“我交代，那能别说我吗？”

他把我带到墙角，报纸一掀开。好么，米袋子面袋子上那些个窟窿啊！粮食流一地。

精灵装备后来也进了床下，也许有一天到了原始丛林这一切才能用得上，但愿那时候他的梦还在。

每一次不靠谱的相遇

春天想念

春天，适合想念。

不久前，春分赶着一坡花朵，坐着一顶由油菜花、紫云英和麦苗一路换肩轻抬着的小轿悠悠地到了门前，在堂前的圈椅上歇了歇脚，喝着清甜浅香的明前茶，重新分了吉日良宵的深浅短长。

此刻，杭州，35度，满庭花树，穿短袖，宛如盛夏。

是个习惯，又看了看手机里关注着的天津天气，居然是，5度，寒雨锁城，裹羽绒服，恍若冬天。

不由得想起了，那个常叨咕“咱过的是一个春天吗？咱是生活在一个国家吗？”的人。

常常这样，因为看见天津的天气预报，或者因为一件其实风马牛不相及的事，脑子一下子断片儿就想起她，一个特别的朋友。

王小柔。很久以前在网上约稿淘来的朋友。虽然后来知道这是她的笔名，我还是习惯这么叫她。觉得叫着这名字有尘埃里开出花、清水里生出香的微微荡漾……

不过，婉约古典的名字里，分明住着一颗快意恩仇的大侠之心。

一个嬉笑怒骂淋漓酣畅的女子。

一个一诺千金奋不顾身的女子。

一个大大咧咧却心细如发的女子。

一个很容易受伤又很不会记仇的女子。

一个热情仗义值得托付终身友情的女子。

一个爱朋友爱家人远胜过爱自己的女子。

一个一直在文字和生活里奋力翻滚向前的女子。

她是我命中的贵人。遇见她以后，我遇见了很多美好的事和很多神奇而温暖的朋友，她的手里是有一把打开种种美好大门的钥匙吗?

她是我仰望的偶像，严重拜服她百科全书般的能耐和对世界生生不息的好奇。耳听得她说相声了、耍皮影了、演讲了、拍微电影了、写剧本了、出新书了……还有，给我科普出月的小鸟要每四小时一次喂小鸟专用奶粉、鹦鹉怎么撒娇、小鸡是如何被娇宠得以为自己是凤凰了……

她是我一辈子的朋友。说不说，约不约，见不见，她都在，始终在。就算哪天跟我赌气跟我割袍断义都不作数，这事我说了算。

她是我前世的姐妹。没理由地认定，前生来世，都有牵绊，不是我欠了她就是她欠了我，反正是没完没了，一笔糊涂账，还不能赖，且过且还。

认识十多年了，一共见过四次。我在她的文章里出现过几回，几乎回回都逃不脱做她朋友享有的特别“福利”，呈现各种不正常各种二，作为一个幽默表达方式大不相同的南方人，说实话这种待遇还真不太习惯，但又能咋的？想想还有好些人还巴望着被她以此仪式义结金兰或纳入朋友圈呢，好歹还算有点利用价值能入她法眼，万千揭竿而起的执念瞬间偃旗息鼓，还是默默从了吧。

每次见面，我都上赶着接受她“天地鬼神”故事的上星考级洗礼。满腹灵异段子的她按恐怖程度设置了上星等级，最高级别是恐怖五星。我基本上是听到恐怖三级时就已吓得就算自己胳膊露被子外快冻僵了也不敢往回收，此后大半年都不敢关灯睡。但是，还是爱听。一直没搞明白她的身边怎么有那么多奇奇怪怪又有趣的人和事，是王半仙磁场强大，还是她有一双能穿越两界的慧眼？

一直觉得，她的心里住着一个长不大的小孩。别看她在很多时候都像是给人答疑解惑的人生导师，像是给万千人间鸡毛蒜皮事把脉的心理医生，她明媚温婉的笑容如同龙卷风，有不由分说将人裹挟而去的快乐力量。但总有那么一些时候，或累或伤的她会突然盔甲卸尽、武功尽失，突然现出那个脆弱小孩的本质……

每年大年三十的下午，我们都会默契地打个电话，说上一会儿话。我们都偏执地从不转发那些借花献佛的祝福短信，从情感上屏蔽不是原创的一对一的问候。如果住得近些，估计我和她会在那天的午后相向而行，于中途相遇后傻笑着寒暄几句，然后各自掉头回去为家人准备年席。似乎只有这样，这新年才可以开始。这样的场景好像该出现在古代吧，还该有丝竹的背景音乐，有梅花的香隐约。

十里洋场天津，江南小村和尚庄，看上去真不是一个国的感觉。她那里若是一酒窖，我这里只是一杯淡茶；她那里若是一空客，我这里只是一纸鸢；她那里若是一城堡，我这里只是一草舍；她那里若是星光绚烂，我这里只是荧光一点……

而她和我，也真的太不一样了。

她喜欢得空就满世界奔跑，看不一样的风景，见不一样的朋友，像太阳般活得绚烂辉煌。我却爱待在小村，守着花草树木，遥念不多的几个或远或近的朋友，似月亮般过得清寂安宁。

她喜欢在微信里说话聊天。我喜欢以文字沟通几乎不在微信里出声。

她喜欢以对话与人相知相熟，热情如灶膛里的干柴烈火。我喜欢慢慢熟悉静静体悟，腼腆如瓮中的微燃炭火。

她喜欢冲锋衣运动鞋说走就走。我喜欢布衣麻袍绣花鞋一隅安坐。

她喜欢养小动物特别是小鸟啊小鸡啊啥的。我喜欢种花花草草。

她喜欢倾囊而出的痛快。我喜欢细水长流的久远。

她喜欢伤心时约个朋友到肯德基对着人家认认真真哭一鼻子。我喜欢受伤时一个人足不出户自我疗伤。

她喜欢活色生香的都市生活，喜欢人群，并无比热爱“毁人不倦”，总有本事把身边的好朋友不动声色地写进段子文章里调侃捉弄得面目全非笑点频爆。她的日常走动俨然行走江湖，再正常的小事里都能发现有戏，再普通的相遇里她都能铺排出包袱，字里行间麻辣鲜香，每一篇都是一道好菜，每一本书都属于一个菜系，妖蛾子系。我喜欢置身乡下的素淡安然，喜欢和植物在一起，傻傻地感受、记录和雨水、花草、炊烟、庄稼一起在这珍贵人间的安稳和幸福。

如此不同的我们，却做成了闺蜜。即便不联系，即便不相见，始终在心底在乎，和惦念。

所谓远和近，所谓南和北，所谓动和静，对喜欢一个人来说，都不是问题。

喜欢她的侠义有爱，喜欢她的心地善良，喜欢她爱憎分明的决绝；

喜欢她的热忱真诚暖心，喜欢她的敏感偏执率真，喜欢她的不施粉黛素面朝天；

喜欢她大清早在微信里发来鹦鹉们在晨光中相亲相爱的画面让我感觉人生还是美好的；

喜欢她让我分享那个叫土土的英俊少年或骑马或捉虫一天天长大的童年；

喜欢她从千万里外给我带来咖啡和蜂蜜让我幸福得掉下泪来；

喜欢她给我写的信一本正经得和她惯有的文章风格一点不像而我读着却会笑出声来；

喜欢看她一本一本出新书……

好像是什么都喜欢。

唯愿，都好好的。

毕竟，这世间，我们难得来。

春天盛大，不如想念。

陆苏（杭州）

每一次不靠谱的相遇，都是友情的升级

接地气的偶像

我和王小柔的友情始于一封不靠谱的电子邮件。

那时，我们的语境里还没有智能手机、微博、微信，僵尸粉、朋友圈……粉丝们对偶像的爱，纯洁得像没有雾霾的天空。我给《把日子过成段子》上的电子邮箱发了一封热情洋溢的信，完成了我对偶像的表白，这事儿在我的心中，就算是过去了。那时，根据那贫嘴的文风，我一厢情愿地以为王小柔是个男的。而且，作为有自知之明的粉丝，我明白，那封信铁定了犹如肉包子打狗一样，一去不复返的。可是啊，偶像竟然给我回信了！然后，我们俩就像网友一样，互加了QQ，有一搭没一搭地瞎聊。这革命友情就算是开始建立起来了。

然后有一天，聊天的内容早已忘记，可是，隔着电脑屏幕，我的青春期时代的偶像，王小柔，就那么不顾形象地喊了一句“你大爷的”，我竟然心中暗爽，“嘿，这是没拿我当外人啊！”从那以后，我眼中的王小柔越来越接地气，心中的文学偶像幻灭了。

2006年的西单图书大厦，王小柔新书签售会。我像怀春的少女一样，买了礼物，还小心翼翼地扎了粉红色的蝴蝶结。现场粉丝太多，匆匆拍了合影，连一句完整的话都来不及说，我们又重新启动网友聊天模式。之后的几年，我继续买她的书，她也继续给我寄书，QQ成了证明友情最给力的工具。

大连相聚

一晃七年。2013年的夏天，王小柔说要带土土来大连，我当然自告奋勇，当起了地陪。接站那天，王小柔发来短信:“麦当劳里等。”我喊来了好朋友白开开当司机，就这样，穿着人字拖，背着双肩包，一脸油光的王小柔带着孩子进了我们的车。当得知白开开也是双鱼座后，王小柔招牌式笑声响彻车厢。土土和三个双鱼座路痴，这趟旅行似乎有点儿冒险的意味了。

此次大连行，王小柔放话:“不去千篇一律的旅游景点，不去哪儿都有的水族馆。”搜肠刮肚后，我才发现生活的这个城市能够满足王小柔要求的还真不多。于是，我和白开开只好把这次旅行重新定位成吃货之旅。临走的前一天，我们去了一家居酒屋。席间，王小柔和土土因为一个只有他们之间能听懂的笑话，笑得上气不接下气。我和白开开坐在对面，像看一场真人秀一样，伺机拍照。那晚，我俩很满足，因为相机里留下了好多偶像口眼歪斜、痴憨傻气的影像。等结账走人各回各家后，才惊醒，我们点的一道菜还没上呢！那道菜的名字很有喜感——“黏黏三兄弟”。于是，这道没吃上的“黏黏三兄弟”成为了我们仨心中持续不断的怨念。

临时书友会

转眼又一年，2014年7月，王小柔带着儿子土土去了旅顺。出于职业敏感，白开开临时决定为王小柔举办一次书友会。联系媒体、确定场地、设计宣传海报……我和白开开像打了鸡血似的，王小柔却总是不厌其烦地提醒我：“你说，到时候能有那么多人来吗？”

新书书友会的时间地点确定下来了，7月26日下午两点半，回声图书馆。就在书友会前一天，大连市发布了台风麦德姆即将到来的预警。王小柔的担心又升级了：“你说这大台风天，要是没有人来怎么办？”我们集体劝慰：“别担心，那天能来的，都是真爱。”

书友会前期准备最后一个环节，带王小柔去化妆。按照白开开的说法，这叫“个人形象”，必须得给王小柔好好捯饬捯饬。因为担心路遇台风，我这新手招架不住，再把偶像给吹跑了，我喊上了驾龄比我多一年的张先生。我们开着一辆屎黄色小轿车，停在旅顺路边。没多久，听见咣咣敲窗的声音，王小柔一袭宝蓝色长裙，梳着刘胡兰式的发型、背着双肩包，摇曳生姿地出现了。

化完了淡妆，雨也停了。最新气象报告显示，台风麦德姆虚晃一枪，跑山东登陆去了。离书友会开始还有半个钟头，回声图书馆一楼的座位还空着一大半儿，王小柔又开始念叨："这要坐不满怎么办啊？"我举起随身携带的单反相机，放话："我会用业余水平努力拍摄出人山人海的场面，放心吧！"

大概是此次书友会举办的地点不太好找，都快开始了，才开始呼呼往里进人，座位坐满了不说，门口还挤着一堆踮脚仰脖的粉丝。我心中长出一口气："这回王小柔不能再跟我磨叽了吧！"书友会正式开始了，久经沙场的王小柔一拿起话筒，专业架势就出来了，思路清晰、语气幽默、极具亲和力。为了让书友会更完美，我派出了张先生坐在第一排距离王小柔最近的位置上，之前千叮咛万嘱咐："无论是大笑、感动、尖叫还是鼓掌、互动，一定要以一名专业粉丝的素质来要求自己。"三个小时的书友会很成功，结束的时候，王小柔依旧被众粉丝们包围，合影、签名。看着那些书迷满足的笑脸，我想到了很多年前的自己。当王小柔还没有总是对我说"你大爷"的时候，我也是如此纯情地爱着她的呀。

当天晚上，王小柔给我发了个短信，问："你知道怎么把我眼睛上这黑色的给弄掉吗？都快洗破皮了。"我心想："这是女人吗？"回了句："卸妆油你有吗？"她回："什么油？"得了，回头别再把色拉油植物油给我整脸上去了。第二天，王小柔说，最后放弃与眼线眼影的斗争，带着具有晕染效果的俩大黑眼圈带着土土逛夜市吃小吃去了。这形象，也只有亲生儿子能不离不弃了。

白衣飘飘

没几天，白开开又组了个局——茶会，唯一要求是穿棉布长袍。王小柔一听，立马打退堂鼓了，“我可没这样神神叨叨的衣服。”白开开怎么可能轻易放过她，联系好了租借服装的地儿，我们直奔那儿去了。一开始，王小柔在工作人员的怂恿下换上了一件对襟、盘扣、青绿色长袍，怎么看都像误入青楼的风尘女子。她换完衣服一出来，我俩还没开口，就已经笑场。我轻轻地一挥手，她心知肚明地又钻回更衣室换衣服了。最后，终于选了一件接近正常人审美的白色亚麻长衫，如果王小柔不开口讲话，还真有点儿仙风道骨的感觉。

茶会那天，我揣着依旧在实习期的驾照，沿着海岸线，一路坎坷地将她送到琥珀湾。品茶、分享、看海……我们一群穿着中式长袍的现代人，意料之中地又留下了许多人前优雅、人后神经的海量照片。

后来，白开开将那件白色亚麻长衫作为礼物送给了王小柔。有一天，王小柔跟我说：“那衣服一直挂在衣柜里，就连清明节都不敢拿出来穿。”这么文艺的信物，就被她这样打入冷宫，成为辟邪镇宅之物了。

再次表白

我和王小柔相识近十年，真正面对面地相处，却只有三次。可是，人和人之间的友情却很奇怪。我们之间不需要过多的寒暄，每一次见面又都充满着许多不靠谱的元素。可是，岁月就这样推着我们从青年走向中年。

最后，我想煽个情。在吐槽之后，对我青春时代的偶像再次表个白。有人曾在朋友圈里说“朋友就是自己选择的后天亲人”，而我想说：“认识你，我很高兴。”

王大硕（大连）

闺蜜就像烤包子

小柔又出新书了，在微信上对我就撂下三个字:“交作业！”这是她除了“烤包子”这三字之外，第一次撂下的新三字。

我抬眼看着窗外，4 月的第一天，乌鲁木齐下了两天两夜的大雪，纷纷扬扬的大雪像老天开的愚人节玩笑，前几天还在微信上晒托克逊杏花的人，开始忙碌地用各种照片晒这场大雪，“瑞雪兆丰年”，小柔的新书，让我这个非作家但也算是真闺蜜的人来说，锦上添朵小花，我还是特别乐意的。

说起来这世间朋友的关系，现在新出最流行的词叫闺蜜又或者叫姐妹淘，而电影《雪花秘扇》里叫老同，老同更有一种契约精神，必须生死契阔，白头到老。所以，闺蜜这词当然比朋友更显近乎，用小柔自己的话来说：“有后天亲人的感觉。”因为蜜是香甜的呗，所以闺蜜之间的关系，当然都是美好又美好的，哪怕有过争执或者误会，但之后仍然会黏在一起，彼此依旧想在第一时间分享自己的一切，喋喋不休谈论着家长里短，闺蜜和朋友不一样：闺蜜会熟知你的一切，不仅知道你早中晚吃了什么，知道你家庭成员所有情况，知道你好好坏坏所有事情，而且陪着你经历着生命中各种喜怒哀乐，悲欢离合。闺蜜不会因为时间距离而走散，不会因为金钱地位名利而分高低，闺蜜是生活伙伴，是亲人，是灵魂的同性伴侣，最默契的闺蜜，大概连经期都是同步的，你痛经的时候，一打电话，她也躺在她家里哼哟呢。闺蜜和认识时间的早晚并没太大的关系，认识早的朋友，或者打小就在一个院里长大的，也未必会成为闺蜜，有些人走着走着就散了，甚至没有什么原因，倒是认识晚的朋友，也许因为彼此的气场气味相投，会变成以后无话不谈知心知肺的闺蜜。

比如我和小柔：从她来新疆蜕了层皮还念念不忘烤包子；开开心心允许我提着洗浴用品去她酒店蹭澡；过敏的头都肿老大还调侃自己是老寿星造型，要拿着桃给人拜寿；去看病的路上怎么会想起来横穿公园去学跳民族舞？还有开着我手动挡的破车一步三停跌跌撞撞往高速公路上行驶，毫无怨言。她的开朗和阳光一点都不做作，不矫情，她自自然然的，那种来自内心的随和、热情、善良、乐观与她敏锐观察生活的能力形成显明的对比，所以，你读她的书，会发现这样一个把生活中最平凡的一件件事变成一种现象来调侃甚至自嘲的人，心里一定有很尖锐的东西，才足可以一针见血，可她并不用这尖锐的东西冷嘲热讽地伤人，不是她不能，而是她不想，这是一种修养，所以，她文章的风格如此独特。

小柔的这本书写完又该写她的旅行小说了，“会有很多好玩好看的事儿”，小柔眼里，好玩的事儿一直是她开心的主题。所以，每每看到她发来她的鹦鹉“红脸巴”在她键盘上跳舞，拉扯她衣服拉链的照片，我就忍不住哈哈大笑，另外，考虑到她如此执着我们新疆的烤包子，我都打算在她家门口垒一个馕坑，让她也别天天早晨煎饼果子了，直接来俩烤包子能扛一天呢！

我以为什么才是一生的闺蜜呢？彼此互相珍惜，在乎对方的感受，尊重对方的选择，心疼对方的痛苦，开心对方的幸福和快乐，一起并排坐着生命的这趟列车，看风景，见彩虹，无论经历什么样的晴雨，都不会下车，一定会一起到达终点，这样的闺蜜一生不会多，有一两个足矣！

小柔，你总说“朋友是后天的亲人”，我爱说“闺蜜是失散的亲人”，找着了，是亲人，找不到，永远失散了，就变成过客和路人了。

谢谢你，让我找到你！

高珺（乌鲁木齐）

文景

社 科 新 知　文 艺 新 潮

Horizon

世界那么大，纯属撑的

王小柔 著

出 品 人：姚映然
责任编辑：王　玲　李晓爽
内文插图：王　原
封面绘图：王　瑾
封扉设计：高　熹

出　　品：北京世纪文景文化传播有限责任公司
　　　　　(北京朝阳区东土城路8号林达大厦A座4A　100013)
出版发行：上海世纪出版股份有限公司
印　　刷：北京汇瑞嘉合文化发展有限公司
制　　版：北京大观世纪文化传媒有限公司

开 本：890 × 1240mm　1 / 32
印 张：7.25　字 数：151,000　插页：4
2016年9月第1版　2016年9月第1次印刷
定 价：35.00元
ISBN：978-7-208-13940-4 / I · 1559

图书在版编目（CIP）数据

世界那么大，纯属撑的 / 王小柔著. —上海：上海人民出版社，2016
ISBN 978-7-208-13940-4

Ⅰ.①世… Ⅱ.①王… Ⅲ.①散文集-中国-当代 Ⅳ.①I267

中国版本图书馆CIP数据核字（2016）第156825号

本书如有印装错误，请致电本社更换 010-52187586